家
娘が
家
るっぽい。
でも
から
様子
モノクロウサギ
Monokurousagi Presents
Illustration by
あゆま紗由

「っ、あ、その……!!」
そんなわけで、念願？叶って
ストーカーとの対面を果たしたのだが。
当の本人は可哀想なほどに
狼狽えている模様。

家で知らない娘が家事をしているっぽい。でも可愛かったから様子を見てる

モノクロウサギ

角川スニーカー文庫

24111

illustration / あゆま紗由
design / AFTERGLOW

CONTENTS

プロローグ

Prologue

　大学生ともなると、友人に誘われて外食することが多々ある。そして友人が友人を連れてくるということもままあり、いつの間にか知らない人と外食をすることになっていたりする。

「——あ、ども。水月遥斗《みずつきはると》です。ヨースケとは高校からの付き合いです」

「ヨースケと同じゼミの佐藤《さとう》です。いやー、サシで飯食ってたのに、なんかゴメンな。コイツのレポートのデータ入ってるＵＳＢ、間違えて持って帰ってたみたいで」

「お前マジで勘弁してくれよ。提出も明日だからクソ焦ったんだぞ」

「スマンスマン」

　今回はかなり珍しいケースだったが、それでも流れとしては変わらない。合流して、その成り行きのまま飯を食うことになった。

　人によってはこの手の相席はあんまり好ましくないのかもしれないが、俺は特に気にしないので問題ない。人見知りしないというか、人間関係に頓着しないタイプなのだ。……代わりに無愛想と言われたりするのだが。

「へぇ。水月君ってカフェでバイトしてるんだ。ホール？　それともキッチン？」

で、初対面の相手と食べるとなると、必然的に話題が自己紹介寄りになるわけで。

「どっちもかな。個人でやってるところだから、その日のメンバーと混み具合で臨機応変に。都合のいい扱いをされてるともいう」

「こいつなー。仏頂面だしズボラだしで、接客とか料理とか向いてなさそうなんだけど、無駄に器用なんだよな。大抵のことはそつなくこなすんだわ。最近もなんか始めたらしいし」

「イラストだな。従姉妹《いとこ》のおさがりで液タブもらったから、適当《てきとう》に描いてる」

「へー。ＳＮＳとかには上げてるの？」

「そっち用のアカウントは作ったよ。試しに人気アニメのイラスト投下したらクソバズった」

「それ俺も知らんかったんだけど⁉　本当に器用だなお前⁉　アカウント教えろや！」

「嫌に決まっとろう」

——そうしてある程度の自己紹介というか、自分語りを済ませると、話題はあっちこっちに移ろっていく。特に酒が入りはじめると、まあまあ脈絡のない話題になったりするものので。

「そういやもうすぐ夏だけどさ、なんかお前ら怖い話ない？」

「遅刻しすぎて必修が落単しそうなのは、怖い話に入りますか？」

「お前の自業自得」

「仕方ねぇだろ一限は起きれねぇんだよ！　一限に持ってくんじゃねぇよ！」

「魂の叫びだなぁ」

佐藤君は朝が弱いらしい。ちなみに俺とヨースケは朝に強いので、遅刻による落単の心配はない。ヨースケはテストとかで落としそうなのがいくつかあるらしいが。

「言い出しっぺの法則。ヨースケはねぇの？」

「ない。しいて言うなら焼酎が怖い」

「『まんじゅう怖い』じゃねぇかそれ」

「なら禁酒しろ酒カス」

本当にコイツは……。ヨースケはエグい勢いで酒を呑《の》み干す、いわゆる酒豪と呼ばれる人種だからなぁ。

酒など全く呑まない俺はもちろん、わりと呑んでいる佐藤君からも呆《あき》れられるレベルだ。そのうち肝臓やるんじゃないかと思っている。

「ほれほれ。俺たちは話したから、次はハルトだぞー？」

「ダル絡みやめろ酔っ払い。……怖い話ねぇ」

振られたところで困るぞそんなの。俺、肝試しとかも行かないし。日常も結構普通……

あ、いや待て。

「俺は特になんとも思ってないけど、多分世間一般だと怖い判定のエピソードがあるわ」

「お？　なになに？」

「どういうの？」

「いやさ、ストーカーっぽいのいるんだよね俺」

「「は……？」」

「で、ちょっと前に家の鍵をなくしたんだけど。なんかそれ以来、そのストーカーが我が家に上がり込んでるらしくて」

「「は？」」

「家に帰るたびに微妙に物の配置とか変わってて。それでも金や物が盗《と》られたりとか、そういう実害らしい実害は確認できなかったのよ。だから不気味だなぁと思いつつスルーしてたんだけど」

「「なんで？」」

「そしたら最近エスカレートしてきたんだよね。出しっぱなしだった食器が洗われてたり、部屋の掃除がされてたりで、色々と存在を主張しだしてさ」

「「待て待て待て待て！」」

「でも今更反応するのもなんか癪《しゃく》だし、家事やってくれるのは普通に助かるから、最近はそのストーカーのことを妖精のシルキーと思って黙認してる」

「「なんでだよ!?」」

第一章 シルキー登場（誰え？・） Chapter 1

——酒の肴《さかな》として提供した怖い話だったのだが、予想以上に恐怖感を煽《あお》ってくれたようで、二人から猛烈に説教された。

「ふむ……」

ただやっぱり、家事なんて大嫌いなズボラ男子としては、ストーカーだろうが無料で家政婦をやってくれているのなら、どうしても頼りたくなってしまうというのが正直なところ。

で、折衷案というわけではないのだけど、隠しカメラを複数設置して、そのストーカーがどんな人物なのかを確かめてみることにした。

映像さえあれば、何か実害が出た際に警察に証拠として提出できるし、捜査も楽になるだろうと思ったからだ。……あと、単純に俺みたいな奴《やつ》をストーカーする相手に興味がある。

「どんな人物なんだろうかね」

というわけで、映像をチェック。件《くだん》のストーカーは、月水金と決まった曜日に出没することが分かっている。多分だが、俺の大学の時間割、つまるところ長時間家を空けるタイミングを狙った結果そうなったのだろう。

なので、ある程度出現する時間は絞られる。あとはその予想を元に早送りを続けていけば……。

「――ビンゴ」

――早送りを停止。玄関に仕掛けていたカメラの映像に動きがあった。ドアノブが動き、扉が開いた。

「やっぱりこの感じ、前になくした鍵使われてるっぽいな……」

ドアノブをガチャガチャやっている様子もなかったし、まあ確定だろう。と言っても、我が家はそこそこ人通りの多い道沿いのアパート。ドアガチャやらピッキングやらをやってれば、即不審者判定からの通報待ったなし。

それがこれまでなかったということは、ストーカーは正規?の手段で我が家に侵入しているということになる。心当たりもあるので、正直予想はしていた。

「んで、この人がストーカーね……」

再び映像に注目。と言っても、バレないであろう位置にカメラを設置したせいか、顔はまだよく見えない。せいぜい、服装と立ち姿から若い女性であることは把握できるぐらいか。

「……ふぅ」

とりあえず、一安心というやつか。想定してた最悪、ストーカーの正体が男やオバハンではなかったことで、自然と胸を撫《な》で下ろしていた。

正直、それが一番怖かった。犯罪者が家に上がり込んでいるのは、この際脇に置いておくとしても。明らかに守備範囲外、または生理的に受け付けないような相手に付け狙われているかどうかで、今後の対応は決まってたから……。

同年代ぐらいの異性なら、多少気味の悪い家政婦ぐらいに思うこともできるけど、そうじゃないなら流石《さすが》にキツイ。『多少』だからスルーしてるのであって、普通に気味が悪いと感じたら速攻拒絶する。

そういう意味では、このストーカーは俺の中ではセーフ判定である。なんだったら美人の気配もしているので、害がなさそうなのを確認できたら、今後もスルーして家政婦モドキをしてもらいたいぐらいだ。

「……てか、流れるように食器洗いしだしたなオイ」

うーん。マジでストーカーと言っていいのか判断に迷うな、この人。部屋を物色するでもなく、普通に家事をやりだしたし。

食器洗いの次は部屋の掃除。さらにゴミをまとめて縛って玄関に置いたりも。その間、物を盗むなどの怪しい挙動は一切なし。なんなら鼻歌を口ずさんでいる気がする。

「……完全にシルキーだろこの人」

イングランドの伝承で語られる、家事の手伝いをしてくれるという妖精。うろ覚えの知識に当てはめて呼んでいたが、こうして実際に目にすると余計にそう感じてしまう。

「うーむ……」

いや本当、よくここまで楽しそうに家事ができるものである。面倒《めんどう》すぎて極限まで家事を溜《た》め込む人種としては、理解に苦しむというのが正直なところ。

実際、このストーカーがいなければ、俺の部屋は定期的にゴミ屋敷一歩手前までクラスチェンジしていることだろう。

別に家事ができないわけではない……なんならそこらの成人男性より家事全般に秀でている自負はある。

だがしかし、かったるいのだ。家事など溜め込むよりも、その都度タスクを消化した方が効率的なのは重々承知している。分かっていてなお、面倒の方が勝ってしまうというだけ。

そしてだからこそ、俺はこのストーカーを『シルキー』扱いして見逃している。現状では、不利益《ふりえき》よりも家政婦働きという利益の方が勝っていると判断しているから。

「む。シャツ盗ったな。なんだ、ストーカーはストーカーか」

カメラの中では、女が洗濯に取り掛かっている途中に、自身の鞄《かばん》に俺の服、おそらく肌着であろう物を放り込む姿が映っている。

一応は予想していたが、家事だけして終わりというわけではないらしい。ちゃんと自分用のリターンを確保しているあたり、流石は犯罪者と感心してしまう。欲望に忠実だ。

とりあえずアウト判定。シャツ一枚とはいえ、実害を確認した以上は――。


「んにゃ？　ありゃ……新品のシャツか？」

ストーカーが鞄から新品のシャツ、おそらくパクった代物と同じであろうシャツを取り出したことで、裁定を一旦停止。

そして封を開け、それを代わりに洗濯機にぶち込んだ姿を確認したところで、判決。

「……ま、いっか」

新品と交換ということなら、肌着の一枚ぐらいくれてやって構わないだろう。アウト判定は取り消しかな。

思うところがない、とは言わない。普通に引いてはいる。ただ『無料の家政婦』という存在を天秤《てんびん》にかけた結果、見逃す方が有益と判断しただけだ。

実際、新品が補充されている以上、金銭的な損失は皆無なのだ。新品に買い替え、古い方は捨てたと考えれば、まあ許容範囲だろう。

勝手に買い替えてくれるのなら、ゴミなど好きにすればいい。給料代わりになるのなら、それはそれで安上がりだ。

犯罪者を利用しているのだから、この程度のことで騒いでたらキリがない。許容範囲を超えるまでは容認して、超えたら警察の御用になってもらうだけである。

「にしても、なるほどねぇ。道理で最近、パリッとしたシャツに当たったわけだ」

ただそれはそれとして、ストーカーよりも自分の鈍感さ加減に呆れてしまう。いや、多少の違和感は抱いてはいたのだが、あまりにどうでもよすぎて気にしていなかったのだ。

ストーカーがいると分かっていてコレである。一切連想すらしなかった辺り、我がことながら呑気《のんき》がすぎる。

「ふむ……」

とはいえ、そろそろ呑気を返上するべきかもしれない。有益だからとスルーしていたが、こうして映像を確認してしまった以上、無視できない点もある。

――彼女は誰だ？

「家に侵入している時点で今更かもしれんが、かなりの気合いの入ったストーカーだしなぁ……。こんなのができる心当たりなんかないんだが」

自分で言うのもアレだが、俺はモテない。いや、モテるモテない以前に、交友関係がクソ少ないのだ。

大学でマトモに付き合いがあるのは、片手で数えられる程度の数の友人たちだけ。他は挨拶など最低限の交流がある者が極少数。

バイト先では仲のいい者もいなくはないが、それでもバイト中の付き合いでしかない。休日は基本的に家にいるし、外に出たとしてもぼっち。友人に遊びに誘われることもあるが、それも頻度としては少ない。

別に人付き合いが苦手というわけではないのだが、他人にそこまで興味が湧かないのである。それもかなりの重症で、人の顔と名前が全然憶《おぼ》えられないし、憶えたとしてもかなり短期間で忘れる。

それでいて一人でいることが全く苦にならない気質なせいで、自分から積極的に関わろうとはしない。結果として交友関係が全く増えない。

だからこそ、ストーカーなど本来できるはずがないのだ。そもそもプライベートで異性と関わる機会が皆無に近いのだから、異性に好意を持たれるなどありえない。

「……マジで誰だ？」

数少ない友人たちは全員男。大学では他にマトモな交友関係は築いていない。

となると、バイト先のカフェ関係か？　接客業なので必然的に不特定多数の客とコミュニケーションを取ることになるし、その時に目を付けられた可能性はゼロじゃない。

「いやでも、うちの店ってそこまで新規の客入りがあるわけじゃないしなぁ……」

だが気になるのは、ストーカーの外見である。こんな感じの女性、うちの店の客でいただろうか？

客の立場から俺をロックオンしたとしたら、少なくともロックオンした理由があるはずだし、その理由が発生するぐらいには店に通っているはず。……一目惚《ひとめぼ》れの可能性はゼロではないが、その場合は考えるだけ無駄なので脇に置く。

ま、それはともかく。客の顔などいちいち確認することも、記憶することもないのが店員の常とはいえ、流石に常連とかになれば話は変わる。

俺もその例に漏れず、俺のシフト中にやってくる通いの客は大まかにだが憶えている。

……で、その中にこのストーカーに近い印象の女性はいない。

まあ、映像もわりと不明瞭で、容姿がハッキリ映っているわけでもないので、そもそも断言はできないのだが。

「時間帯と、あとは警戒か。電気を点《つ》けてくれてれば、もう少し分かりやすかったんだけどなー」

窓からの光で活動に支障がないせいか、ストーカーは部屋の電気を点けていない。そのせいで映像は全体的に薄暗い。それに加えて、安いカメラを買ったのがまずかった。

映像で分かるのは、せいぜいが服装と髪型など、一部の特徴だけ。

全体的な雰囲気としては、なんか大人しめな感じ。不鮮明ながらも、犯罪を犯すようなイメージは湧いてこないタイプだ。家庭的とも言ってもいいかもしれない。

そしてそんな人物は、俺の貧弱な記憶の中には存在しない……はず。

「分っかんねぇなぁ……」

——結局、この日はいくら考えても候補者すら絞り込むことはできなかった。

◇◇◇

「水月《みずつき》君。これ三番テーブルに」

「はーい」

——カフェ【マリンスノー】。駅近くの繁華街にある個人経営のカフェであり、ケーキとコーヒーが自慢の俺のバイト先。

「あ、注文お願いしまーす」

「少々お待ちください」

立地の関係もあり、どちらかと言うと隠れ家的な雰囲気の当店。

ふらりと立ち寄る新規の客はそこまで多くなく、割合的にはリピーター、いわゆる常連客の方が多いことが特徴なのだと、この店の主《あるじ》は語っていた。

実際、人気店と呼ばれるほどの知名度こそないが、名店ではあると思う。新規が少ないにもかかわらず、店を経営できているということは、その少ない新規をリピーターに変えているということ。

「水月君。今度は二番テーブルにこれ」

「はいはーい」

なのでこの店は意外と忙しい。個人経営のカフェでありながら、俺を含めてバイトを何人も雇えるぐらいには。そして雇わなければ回らないぐらいには。

なお、リピーターが多いということは、件《くだん》のストーカー候補が比例して多いということでもあるので、店員としても俺個人としても微妙な気分である。

「……にしても、なんか忙しいな」

まあ、現段階では無害なストーカーよりも、眼前の業務の方が重要だ。

具体的には、普段よりも多い客入りの原因究明。

「ん？　水月君、どうかしたの？」

「あ、店長。いや、今日はいつもより新規さん多いじゃないっすか。だから何でかなって」

「ああ。僕もお客さんから聞いたんだけど、なんでも【ホロスコープ】のライブが原因らしいよ。名前は知らないけど、人気のバンドが参加したとか」

「あー、なるほど。そのパターンでしたか」

店長の言葉で納得した。ホロスコープ、近くにあるライブハウスがこの混雑の原因か。

俺も詳しくはないのであやふやなのだが、このライブハウスでは定期的にライブかなんかの企画を行っているそうで。

で、人気のあるバンドが参加したりすると、それ目当てでやって来た観客たちが、ライブ終わりに周辺の店に流れていく現象が起こるのである。

それがどうやら今日起こったらしい。……実に面倒だ。店としては客足が増えるボーナスタイムなのだろうが、バイトの立場からすると迷惑なことこの上ない。

「てことは、向こうのライブが終わるまで、このピークは続くってことですかね？」

「どうだろうねぇ。なんだったら、サーブするついでに訊《き》いてくれれば？　はいコレ、四番テーブルに」

「……ん？　あそこって誰か追加でオーダー取りましたっけ？」

「いや、サービスだよ。どうも素敵なことがあったみたいでね」

「そうですか。了解です」

店長のいつもの奢《おご》りたがりか。オーダーミスの類いではないのなら、俺からは特に言うことはない。

ということで、ケーキ四つを持って件のテーブル、常連の四人組の女性たちのもとへと向かう。

「失礼いたします。こちら、フランボワーズのレアチーズケーキでございます」

「え？　あの、もう注文したのは全部ありますけど……」

「存じております。このケーキはサービスです。なにやら素敵なことがあったとのことですので、店長からのお祝いをと」

「本当ですか⁉　わぁっ、ありがとうございます！」

祝いの品と聞き、四人がそれぞれ歓声を上げた。意外と普通の女性らしい反応をするものだと、彼女らに気付かれない程度に観察する。

常連の四人組。服装はそれぞれ微妙に雰囲気が違うが、ギャルとかパンクとか、そっち系の印象を受ける人たち。なんというか、凄《すご》い陽キャっぽいグループ。

容姿も程度の差はあれ、全員が整っている部類のため、余計にカースト上位的な気配を感じる。

そして年代は多分だけど若め。揃《そろ》って高校卒業〜二十代前半ぐらいだろう。学生か社会人かは不明だが、普段の持ち物から音楽系の集まりであることは予想できる。

……んー、やっぱりこの人たちの中にはいなそうかな。例のストーカーと年代的には近そうだけど、外見の雰囲気が違いすぎる。

「それではごゆっくりどうぞ」

「あっ、はい！　本当にありがとうございます」

「いえいえ。感謝は店長にお伝えください。私は指示通り運んだだけですので」

「あ、そうだ！　お兄さんも祝ってくださいよ！　知らない仲じゃないんだし、お祝いの言葉聞きたいなぁ」

えー。いくら常連だとしても、客と従業員は普通に知らない仲では？　……まあクレー

ムに繋《つな》がるから下手《へた》なことは言わないけどさ。

「ちょっ、蘭《らん》ちゃん⁉　迷惑だからやめなって！　……すいません店員さん。私たちの連れがご迷惑を」

「いえ、全然構いませんよ。私としても、お祝いのメッセージをお贈りすることに否やはありません。ただ何も知らずにお伝えするのも失礼だと思いますので、差し支えなければ何のお祝いかだけ教えていただけますか？」

「お、それ訊いちゃいます⁉　――ならば教えてあげましょう！　なんと私たちは、近々伝説になるんです！」

「……」

「あり？」

これは店員として何て返すのが正解なんだろう？

「蘭。それじゃあ説明になってない。店員さんも困ってるよ」

「今の説明で伝わったのは、アンタの頭が伝説級に悪いってことだけだわ。ただでさえダル絡みしてんのに、その人をこれ以上困らせるんじゃないっての……」

蘭と呼ばれたパンクっぽい見た目の女性が首を傾《かし》げると、残りの三人が揃って頭を抱えた。多分この言動がデフォなんだろうなぁ……。

「本っ当にこの馬鹿がすいません。代わりに説明するとですね、私たち【アバンドギャルド】って名前でバンドやってるんですが、先日ようやくレーベル……えっと、音楽の会社と契約することになったんです」

「なるほど！　つまりプロとしてデビューしたってことですか。それは大変おめでたいですね」

「いやー、プロとはまだ胸を張って言えないですよ。大手と契約したわけではないですし、今のご時世的にＣＤ一枚出すのもかなり大変なんで」

ふむふむ。音楽業界に詳しくないからよく分からんが、つまるところプロ寄りのアマってことか。

それでもこうして打ち上げのようなことをやっているあたり、めでたいことなのだろう。ならば店員として言うべきことは決まっている。

「いえいえ。私は音楽には疎いですが、それでも十分に凄いことだと思いますよ。なにより企業と金銭が絡む契約を結んでいる以上、それはもうプロと言って差し支えないと思います」

「っ、そう！　そうだよ！　メグはもっと胸を張るべきなんだよ！　お兄さんは分かってる！」

「こら騒ぐな！　お店に迷惑でしょうがこの馬鹿！」

おっと。蘭さんがメグと呼ばれたギャルっぽい人に叩《たた》かれた。反応速度からして、凄い手慣れている気配がする。

それはそれとして、俺が指摘すると角が立ったので、注意してくれたことはありがたい。

「ともかく！　私たちはここから大きく飛躍するんだよ！　目指せ武道館！　……あ、お兄さん。なんなら今の内にサインとか貰《もら》っとく？　夏帆《かほ》、代表して書いてあげなよ」

「なんでそこで私に振るの⁉　というか、本当に恥ずかしいからやめて！」

「えー」

……なんというか、色々と苦労が多そうな人たちだなと。一人を除いて。

「とりあえず、お話は分かりました。それでは、改めておめでとうございます。曲が販売された時は、是非とも教えてください」

「やっぱりお兄さん分かってるぅ！　もっちろんだよ！　ウチら何曲か出してるんだけど、その中でもオススメなのがラブソング系なんだ。夏帆が作詞してんだけどさ、大人しい性格に反して凄いドロッドロの歌詞が――」

「蘭ちゃん‼」

余計な情報を付け加えたからだろうか。夏帆と呼ばれたギャルっぽい人その二が、蘭さんの口を全力で塞ぎにかかった。

仲がいいなと思う反面、そろそろ騒がしさが許容範囲を超えそうなのが困りどころである。

まあ、俺がサーブしに来るまでは普通の打ち上げレベルだったのだ。部外者が立ち去れば、また自然と静かになるだろう。

というわけで、適当に話を切り上げつつ撤退するとしよう。

「仲がよろしいんですね。では部外者の私は、そろそろ立ち去らせていただきますね。では、ごゆっくりお楽しみください」

「あ、はい！　ご迷惑おかけしてすみません！　本当にありがとうございました！」

よし。去り際の挨拶としては無難だったのか、特に違和感なくテーブルを離れられた。

これならクレームとかの心配はあるまい。

「……あ、ホロスコープのこと聞き忘れた」

まあ、今更聞きに戻るのもアレだし、仕方ないと諦めるか。腹を括《くく》って、終わりの分からぬピークタイムと格闘することにしよう。

――ただそれはそれとして、マジでストーカーは誰なんだろうか？

◇◇◇

――大学というのは、それまでの学び舎《や》に比べてかなり自由が利く場所となっている。

その辺りが特に顕著なのは、やはり時間割関係だろう。小中高までは、その多くが学校側が定めた時間割に生徒は従う。ここに拒否権はない。

が、大学になるとそれが変わる。自らが興味のある講義、進級に必要な単位、講義が始まる時間など、そうした諸々《もろもろ》を擦り合わせ、自らで履修登録を行う。

なので時間割は千差万別。午後から大学に向かう者、午前でその日の全ての授業を終わらせる者。一日完全に休みにする者など、個々のライフスタイルに合わせた内容となる。

そしてここで重要となってくるのは、大学における『講義』とは、それぞれが基本的に独立しているということである。

「まさか二コマ休講になるとはなぁ」

なので講師の都合によっては、突発的に空き時間が発生したりする。今みたいに。

「いやぁ、午後からオフとかマジでラッキーだわ」

伸びをしながら思い出すのは、大学のサイトの生徒専用ページ。

二限の講義が終わったあとに履修表を確認したら、なんと四限が講師の体調不良により、休講になったというお知らせが。

スケジュール的には、二、四、五限の講義を受けることになっているのだが。五限も前日から休講が決まっていたため、必然的に午後の講義が消滅したのである。

「午後はどうすっかねぇ……」

バイトは今日はない。なので暇ではある。だが、友人たちは普通に講義があると思われるので、集まることは難しい。

となると、遊ぶにしても一人。目的もなく外をぶらつくというのは……中々に面倒《めんどう》だ。

なにせ俺は大学は基本チャリ通学。で、大学から街に繰り出すとなれば電車になるわけで。

わざわざ一度帰宅して外出するか、大学に自転車を一日放置するかの二択。それだったら、自宅でダラダラ過ごしていた方が快適だろう。

ま、そもそも理由もなしに外出するタイプでもない。外出のための目的がないと、どうしても『無駄』という感覚が勝ってしまうのだ。そこにさらにマイナスポイントが加わるとなると……。

「……この思考が社不って呼ばれるんだよなぁ」

一人でいることが苦にならず、自宅でできる趣味が多数あり、それでいて外出に目的を求める性質。

なんというか、我ながら本当にどうしようもない。ここまで人間関係の構築に難がある人間性をしている者は、そうそういないのではないかと思えるほど。

特に救いようがないのは、自覚してなお改善する気がサラサラ湧いてこない部分か。

「ま、パスタでもサッと作って、あとはお絵描きでいっか。そんで寝よ」

――結局、俺はいつものように自転車をこいで、いつもの道を使って帰宅していた。

いく。

備え付けの駐輪場に自転車を停《と》め、昼飯について考えながらカンカンと鉄階段を登っていく。

築十年のアパート。その二階の一室が俺の借りている部屋。そこまで広くないワンルームの、立地のわりに安い家賃が特徴の好物件。

「……ん？」

そんな自慢のマイルームの扉に手を掛けたところで、ふと気付いた。

「中から物音がする」

ドアノブに鍵を挿し、ガチャリと音が鳴ったその瞬間。扉の向こうから、ドタバタと慌ただしく動き回る音が聞こえてきた。

まさか空き巣の類いかと、警戒心が跳ね上がる。この辺りの治安はかなり良いはずだが、それでも絶対はない。犯罪者とはそういうものだ。

「……あ、今日って水曜だ」

そう考えたところで、ふと思い出す。そういえば、身近に一人犯罪者がいたなぁと。具体的に言うと、月水金の決まった時間に、人の家に侵入しているであろう奴《やつ》が。

「……」

少し前にセッティングした隠しカメラ。そこに記録されていたストーカー。

その映像は、ちょうど水曜に撮影されたものである。ついでに言うと、時間帯も大体今と同じぐらい。

「そっかぁ……」

自然と俺はドアノブから手を離し、すぐ後ろの手摺《てす》りにもたれかかっていた。ついでに遠い目で青空を見上げたりも。

いやはや、まさか鉢合わせすることになろうとは。予想外……は流石《さすが》に違うな。予想して然《しか》るべきだった。

そりゃそうだ。ストーカーは俺が大学に行っている時間を見計らって、家に侵入しているのだ。

なればこそ、帰宅時間が早まれば、必然的に鉢合わせる可能性が上がるのは道理である。

「んー……」

それにしてもどうしたものか。一旦離れるか。でもそれはそれで面倒くさいというか。なんで家主である俺が、変に気を遣わなければならんのだと思わなくもない。

かといって、警察に連絡するのは躊躇《ためら》いがある。無料の家政婦が消えるのは、どうしても惜しいという思いが消えないのだ。

そうして考えること数秒。はたから見たらかなり阿呆《あほう》な思考のもと、弾《はじ》き出した結論。

「……入るか」

鉢合わせとか気にせず部屋に入る。そんで徹底的に無視する。何を言われても反応しない。完全にいないものとして扱う。そうすれば逃げ去っていくのではないかという、希望的観測。

例外は危害を加えられるパターンだが、これはそこまで気にしなくて良いと思う。俺に対してストーカーするほどの執着を見せているのだから、わざわざ危害を加えてくることはないだろう。

もちろん、パニックを起こすなどをすればその限りではないが、その手の反応は防衛本能のようなもの。徹底的に無視し、怒鳴りつけたりしなければ、相手も冷静さを維持できると期待しよう。

まあ、結局のところ『惚《ほ》れた弱み』をアテにしているだけであり、そこには合理性など欠片《かけら》もない。

だがしかし、正気ではないことをやろうとしているのだから、合理性などハナから勘定に入れるべきではないだろう。

「――良し」

そうして覚悟を決める。念のため、警戒心はＭＡＸのまま。空き巣の可能性もゼロではないので、鍵をメリケンサック代わりに握り込むことも忘れない。

基本は徹底無視。身の危険があれば躊躇《ちゆうちよ》なく反撃。その方針を脳に刻み込みながら、行動を開始する。

まず意識を研ぎ澄ませながら、玄関に入る。現時点では人影は見当たらない。とりあえず、初《しょ》っ端《ぱな》から鉢合わせという展開ではないらしい。

ただ見知らぬ靴、それも女性物があったので、侵入者が件《くだん》のストーカーであることはほぼ確定。

「ふむ……」

我が家は廊下があるタイプのワンルームだ。そのため、玄関前の廊下にいないとなれば、相手の居場所は大まかに四つに絞られる。

トイレ、洗面所、洗面所の奥にある風呂、そして居住スペースだ。この中の何処《どこ》かに相手は潜んでいる。なので慎重に候補を潰す。

徹底的に無視する方針ではあるが、やはり潜伏場所ぐらいは把握しておきたい。なけなしのリスクヘッジというやつだ。

あとはシンプルに、トイレや洗面所などに身を隠してくれていれば、あっさりとご退去いただけるかもという希望的観測もある。

トイレ、洗面所、風呂は居住スペースより手前側にあるため、俺が奥にこもっていれば鉢合わせることなく、出ていくことが可能なのだ。

そういう意味でも、居場所の把握は必要だろう。なにせこのあとの方針に関わる。

「……」

とはいえ、馬鹿正直にガチャガチャ探すようなことはしない。それでは存在を確信しているということになり、徹底無視にはならないから。

なので行動としては自然に。その上で居住スペース以外を回る必要がある。

「それにしても、カメラはまだ仕掛けておくべきだったか……」

映像記録を確保できたからと、隠しカメラを撤去したのは悪手だった。その都度映像を確認する作業を、余計な手間と判断するべきではなかった。もはやあとの祭りであるが。

とまあ、そんな後悔はさておき。まずはトイレからだ。荷物を廊下に置いて、自然な動作を意識して扉を開ける。

「……クリア」

いない。トイレには隠れる場所などないので、完全に候補から外す。

そうして用を足すフリをするために、一分ほど待機。その後、水を流してトイレから出る。

「足洗わなきゃなぁ」

次は洗面所と風呂場。探してないというアピールのために、独り言の体《てい》で呟《つぶや》いてみせる。

もし居住スペースに潜んでいたのならば、逃走チャンスであることを伝える意味もある。

ということで、洗面所の扉を開ける。……いない。風呂場の方も同様。風呂場の扉はシルエットが見えるタイプのやつなので、この時点で潜伏場所が居住スペースであることが判明。

「残念」

内心、もし鉢合わせたらと想像してスリルを楽しんでいたのだが……。結果的には平和な形で事態が進行していることに、若干の肩透かしを感じる。

まあ、閉鎖空間で遭遇した際のストーカーの反応など、あくまで余興のようなものだ。なかったらなかったで、全然構わない。

なのでササッと切り替え風呂場に移動。シャワーの音を響かせつつ、不自然にならない程度の時間をかけて足を洗っていく。……ちなみに本当に洗っている理由は、これが帰宅した時の実際のルーティンだからである。

「……物音はなし、と」

ふむ。どうやらストーカーは脱出しなかったようだ。俺のアピールに気付かなかったか、それとも警戒しすぎて動けなかったかは不明だが。

あとはアレか。窓からすでに逃亡している可能性かな。……と言っても、ほぼゼロに近いだろうが。

なにせここは二階で、窓の下は砂利だ。靴が玄関に残っていた以上、裸足《はだし》で飛び降りるのは現実的ではないだろう。

となると、やはりストーカーは居住スペースか。あそこもそこまで隠れるところはないからなぁ。

候補としては、クローゼットの中、ベッドの中、ベッドの下ぐらいか？　ああでも、ベッドの下は難しいか。収納用に何個かカラーボックスが突っ込んであるし。

「ま、見てから考えるか」

結局は扉を開ければ判明するのだ。長々と考え込むだけ時間の無駄だろう。

そうして再び廊下に戻り、居住スペースの扉を開ける。目に入ってきたのは、慣れ親しんだ我が家のレイアウト。

ただやはり、全体的に部屋が綺麗《きれい》になっている。出かける前に放置してた諸々《もろもろ》が片付けられているので、例のごとくストーカーは自主的にシルキーとなっていたのだろう。

「……」

部屋を見渡す。パッと見では人影はなし。候補であったベッド周りにも潜んでなさそう。ならやはりクローゼットだろう。中は二段に分かれていて、下段は部屋着用のカラーボックス。上段はジャケット類のみとなっているため、隠れやすさとしては上段。選択肢としてもポピュラーなものだ。

あと状況証拠として、若干だがクローゼットが開いている。元々閉まりきっていなかった可能性もあるが、覗《のぞ》き穴として意図的に隙間を開けていると考えるのが無難だろう。

「着替えましょ着替えましょ」

　まあ、だからなんだって感じで、容赦なくクローゼットは開けるのだが。

「——っ⁉」

「っ、あ、その っ……‼」

　そんなわけで、念願？叶《かな》ってストーカーとの対面を果たしたのだが。当の本人は可哀想《かわいそう》なほどに狼狽《うろた》えている模様。

　まあ、こんな容赦なく開けられると思ってなかったのだろうし、当然と言えば当然か。で、だ。こうして直《じか》に顔を合わせたことで、ようやくストーカーの詳細な容姿が判明した。

　とりあえず特徴を挙げていくと、ウェーブの掛かった茶髪と、優しげな目元を持った美人。スタイルは……普通？　スレンダーなわけでも、グラマラスってわけでもない感じ。ただ、映像越しに抱いた印象は正しかったようで、全体的に大人しめというか、ふわっとした空気をまとっている。

　優しくて、真面目で、控えめ。——言い換えれば、自己主張が弱く、思い込みが激しく、溜め込みやすい。そういうタイプじゃないかなと。じゃなきゃストーカー＋不法侵入なんてやらんだろう。

「……」

ま、そんな第一印象はさておきだ。狼狽えているストーカーを無視して、身体《からだ》を折って部屋着の収まっているカラーボックスに手を伸ばす。

「え、あの……？」

本来あるはずの反応が皆無だったからだろう。斜め上で身を縮こまらせているであろうストーカーが、盛大な疑問符を浮かべている気配がする。

が、それすら無視。そして考えるのは、先程の一瞬。無視という表現がギリギリ通用するレベルの時間で切り上げた、大まかな観察から導き出された一つの結論。

――やっぱり誰よこの人。

「……」

まず案の定というべきか。俺の貧弱な対人記録の中に、彼女は存在していなかった。友人はもちろん、顔見知り程度の関係者の中にも、該当する人物がいないのである。

それは当初の予想、バイト先の常連ですらないということでもある。

外見はどことなく既視感があるものの、それはあくまで『こんな女の人いるよね』程度のものであり、具体的な個人を連想させるものではない。

つまるところお手上げだ。誰なのか、何故《なぜ》俺なのか分からない。ありえないとは思っていたが、一方的な一目惚れ《ひとめぼ》の可能性すら出てきた。

「っ、あのっ――」

ストーカーが何かを言う前に、クローゼットの扉を閉める。

完全なる初対面が確定した現状、ここで『who are you?』と訊《たず》ねてしまいたい衝動が湧き上がってきているが、それをすると今までの努力が水の泡。だからこそ堪《こら》えなければならない。

「……」

着ている服を適当に脱ぎ捨て、ラフな部屋着に着替えていく。……その途中、ちゃんと閉めたはずのクローゼットがわずかに開いていることに気付いたが、やはり無視する。

何度だって言おう。たとえ強い視線を感じたとしても、ここで反応したら水の泡である。

そもそも見られて困るようなものでもない。

そんなことより、重要なことがある。相手の素性が『正体不明』と判明したことだ。

別に素性が割れたところで、どうこうするもりは最初からなかったが。それはそれとして、関わりが一切ないと分かったことは収穫だ。

関わりがないのならば、ストーカー中以外の状況で遭遇したとしても、対応を考えなくて良いというのは朗報だろう。

これが例えば、常連だったとしたらどうだ。実際、かなり困ったことになっていたのは目に見えている。バイト中に言及されたら無視は難しいし、かと言って対応するにしても何を話せとなるわけで。

ならば多少の不気味さはあっても、完全に関わりのない相手の方が気は楽だ。……面倒《めんどう》が起きた際に、容赦なく切ることもできるし。

「液タブつけて、と」

パソコンの前に座り、お絵描きセットを起動する。そして液タブの脇にスマホを置けば、資料の確認をしながらクローゼットを視界に入れることができる。

あとはストーカーの出方次第。俺はただ、最近の趣味のイラストを飽きるまで続けるだけ。

「……お、お邪魔しましたぁ」

――結果、ストーカーは二時間ほど経《た》ってから、おずおずと部屋から去っていった。

第二章 シルキー?のいる日常

Chapter 2

——不法侵入したストーカーをスルーするなど、我ながらかなり馬鹿なことをやったと思う。

「……お、お邪魔します」

緊張しながら、されど引き返すことなく部屋に上がり込んできたストーカーの姿を見て、心の底からそう思った。……何でこの人、こっちが在宅中にもかかわらずやって来てんの?

「……」

ひとまず先日と同じ方針、つまるところ徹底無視の構えを取ったわけだが。……内心は動揺で心臓がバックバクである。

そりゃそうだ。誰も来ないはずの日曜の昼間、死んだ目でソシャゲの周回をこなしていた時に、いきなり玄関からガチャリと鍵の開く音が響いたのだ。普通にビビる。

「えっと、来ちゃいました……」

「……」

来ちゃいました、じゃねぇんだわ。何で不在時じゃなくて在宅中にやって来るんだ……。

このストーカーは、俺のライフサイクルを把握してるはず。だからこそ、先日のイレギュラーが起きるまで、鉢合わせることなく過ごすことができていたのだ。

俺が不在の時に侵入し、家事をこなし、たまに衣服などを新品と入れ替え回収する。そういう風に取り決めたわけではないが、それがある種の不文律であったはず。

いや、不文律とかそれ以前の問題だろう。普通の人間……不法侵入をしてくるストーカーが普通かはさておき。犯罪者だってその辺りはしっかり警戒するものだ。

家主が在宅中、それも鉢合わせることが確定しているワンルームに、わざわざ不法侵入してくる奴《やつ》などそうはいない。いるとしたら、そいつはほぼ間違いなく強盗の類いである。

「そ、それじゃあ、ちゃちゃっとやっちゃいますね」

だがコイツはストーカーだ。強盗では断じてない。少なくとも、危害を加える気があるのなら、今のように一言断りを入れて家事を始めたりなどしない。

「……」

カチャカチャという音が部屋に響く。シンクに溜《た》まっていた食器が、どんどん少なくなっているのだろう。

思わずスマホから視線を移しそうになる。身から出た錆《さび》であることは間違いないが、それでも無視を続けるにはカロリーを使う。

「えへへ……。その、部屋の出入りを許してくれて、ありがとうございます。嬉《うれ》しかったです」

いや、別に認めたわけではないんだが……。確かにシルキー扱いして黙認はしていたが、それはあくまで陰ながらアレコレしていたからであってだな……。

誰も堂々と出入りして良いなんて言ってねぇんだわ。というか、本当にお前は誰なんだ。

「な、なんか、こうしてるとアレですね。同棲《どうせい》、してるみたいですね」

不法侵入の間違いなんだよなぁ。家主が在宅中、堂々と部屋に上がり込んだ挙句、勝手に家事をしてるだけなんだよぁ……。

それを『同棲みたい』と表現できるメンタルは、本気で凄《すご》いとは思う。不法侵入かます時点で常人メンタルでは決してないが。

だがまあ、俺が下手《へた》を打ったことは認めよう。嫌いな家事をしてくれる便利キャラ扱いしていたとはいえ、鉢合わせた上でスルーするというのは、今にして思えば確かに悪手であった。

スルーとは、ある種の黙認。見て見ぬふりをしている時点で、公認と判断されてもおかしいことではない。

ましてや、相手は不法侵入をかますメンタルの持ち主である。普通の人間なら犯罪行為を目撃されれば、警戒して自重するだろうが、ストーカーの場合は認められたと解釈して悪化する可能性の方が高い。

そうしたデメリットを想定しなかったのは、シンプルに俺の落ち度である。後悔したところで遅いが。

「……」

うむ。どうしようか？　現状でかなりアレというか、一線を越えてしまった感が凄い。

だからこそ悩む。

ここで梯子《はしご》を外すのは簡単だ。鍵を換える、引っ越す、最終手段として警察に通報するなど、取れる手段は少なくない。

が、正直言ってやりたくない。まず大前提として、現状では実害らしい実害はないのである。正確に言えば、害よりも益《えき》の方が上回っている。

事実上無料のハウスキーパーと考えれば、多少の不気味さは目を瞑《つぶ》れる。……あとは、一応は俺も男ではあるので、甲斐甲斐《かいがい》しい美人に惹《ひ》かれる部分がないとは言わない。

ついでに、初《しょ》っ端《ぱな》から見て見ぬふりしておいて、今更慌てふためくのはなんか癪《しゃく》に障る。意固地になっているとも言うが。

で、そうした前提条件のもと、選択肢を吟味していくと、どうしてもメリットよりデメリットの方が勝ってしまうのだ。

まず鍵の変更、引っ越しはシンプルに金が掛かる。親からの仕送り＋バイトで余裕はあるとはいえ、あまり出費はしたくない。

そして警察に通報した場合、間違いなく大事になる。というか、絶対に俺の対応は怒られる。それぐらいやらかしてる自覚はある。

一番最悪なのは、親に話が伝わることだろう。そうなると、どんなペナルティが下されるやら。仕送り停止ならまだなんとかなるが、一人暮らしを禁止されたら目も当てられない。

というか、そうなる可能性が高い。犯罪者に狙われてる時点で親としては心配して当然なのだ。にもかかわらず、当の本人は『家事が面倒だから不法侵入を黙認してた』などと。

……絶対にシバかれるわこんなの。

「ふんふーん♪」

あとは……ここで梯子を外して、逆上されたらと考えるととても怖い。鼻歌を歌い始めるぐらい有頂天になっているストーカーを、一転して叩《たた》き落としたとなればどうなるかという話だ。

犯罪上等のメンタルの持ち主に、上げて落とすなんてした場合、とち狂って病みルートを爆走しかねない。

現状ですでに病んでいるというか、メンヘラorヤンデレと形容して良い人種なのだ。ここからレボリューションされたら手に負えない。

「――それじゃあ、私は今日このあと予定あるので。帰りますね。……また来ますから」

「……」

そう考えると、俺にできるせめてもの抵抗……いや対抗手段は、やはり徹底的な無視しかないのではないかと思える。

たとえこれからどんどんエスカレートしていったとしても、決して相手にしない。反応しない。いないものとして扱う。

少なくとも、無視され続けてストーカーがヘラってくるまでは、この方針を突き通すしかない。……もはや意地である。

「では、行ってきます。……えへへ」

そこはせめて『さようなら』と言ってほしかった……。ツッコめないのがなんとも歯痒《はがゆ》いが。

そんな俺の内心など知らぬとばかりに、ストーカーは弾んだ声音のまま我が家を去っていった。

「……結局、一度も自己紹介しなかったなあの女」

――それはそれとして。あのストーカー、本当に誰なんだろうか？

◇◇◇

「——えへへ」

締まりのない笑い声が聞こえてくる。声の発生源は廊下。こなしていた家事から推測するに、おおかた溜まっていた洗濯物を物色でもしているのだろう。

「はぁ……」

大きな溜《た》め息が零《こぼ》れる。無視する相手が部屋にいないからこそできる反応だが、そろそろ時と場合を選ぶことも難しくなってきた。

別にストーカーの挙動にドン引きしたとか、そういうわけではない。不法侵入している時点で今更すぎるし、その程度の奇行に慄《おのの》くようでは、こうして日々追加される罪状を黙認することなどしていない。

俺が頭を痛めているのは、もっとシンプルな内容だ。——すなわち、不法侵入の頻度の上昇。

「案の定と言えばそれまでだが……」

先日の件、ストーカーがわざわざ俺の在宅中にやって来た時点で、そうなるであろうとは予想はしていた。

犯罪行為を一度黙認してしまえば、味を占めて悪化するのは自明の理である。その法則を証明するかのように、事実としてストーカーの侵入頻度は増加している。

具体的に言うと、奴が堂々と上がり込んできたのが一週間前。それから今日まで、ほぼ毎日やって来ている模様。

これまでのストーカーは、溜まった家事を処理するためか、俺がまとまった時間を不在でいる曜日に絞って侵入していた。

が、堂々と侵入しても咎《とが》められないと判明したからか、これまでの警戒をぶん投げて侵入するようになったのである。

俺が不在の時はもちろん、在宅中。出かける直前にやって来たり、帰宅したら家にいたことも。完全に自分のスケジュールを軸に行動している。

なお勝手に行われた弁明曰《いわ》く、『えっと、ほら。家事は溜めるより、こまめに消化した方が効率的かなって』とのこと。もちろん無視した。

「……幸いなのは、ここに長時間留《とど》まることはないってことかね」

侵入頻度が上昇した現状、この対応にも限界があると身構えてはいたが、まだ希望があるのだけは救いだ。

というのも、ほぼ毎日顔を合わせるようになりはしたが、接触している時間はそこまで長くないのである。

それは何故《なぜ》かと問われれば、ストーカーも人間であり、生活というものがあるからだろう。

容姿から推測されるストーカーの年齢は、おそらく俺と同年代。十代後半〜二十代前半ぐらいだ。連想される肩書きは、大学生、専門学生、短大生、社会人、そしてフリーター。

どれもまとまった時間を確保するのは難しい立場だ。それに加えて、ストーカーにも交友関係からくる付き合いぐらいはあるはず。

学生の類いならバイトなどもあるだろうし、社会人やフリーターなら言わずもがな。

それでもスケジュールを調整すれば不可能ではないのだろうが、少なくとも毎日は無理。

俺の不在時にのみ侵入してたのは、警戒の他にこうした理由もあるのではないか。

「なんというか、本当に家政婦みたいになってんな」

侵入頻度は確かに増えた。トータルで言えば、顔を合わせている時間も増加しているだろう。だが、居座る時間のアベレージは低下している。

ただ家事をするだけのためにやって来ている。溜まる前に消化して、予定があるのかそそくさと自分の生活に戻っていく。

その在り方はまさに現代のシルキー。人の営みと交わることなく、ただ住み着く家の主《あるじ》を助ける家事妖精。

「――洗濯物終わったよー」

「……」

……まあ、自己主張の強さというか、欲望に正直すぎて元ネタとはかけ離れているのだが。

「あ、そうだ。パンツなんだけど、ヘタってるのがあったから新しいのに替えといたから。水色のトランクスだよ」

「……」

言外に告げられた盗難報告に、内心で溜め息。本当に欲望に忠実になったなと思う。

今まではバレないよう、同じ物をこっそり入れ替えていたのに、もはや誤魔化《ごまか》す気などゼロである。おかげで買った記憶のない、真新しい衣類が増える増える。特に下着。……俺の服なんて基本は量販店の安物だし、別にこだわりもないから構わないんだけどさ。

だがそれはそれとして、図々《ずうずう》しいなとは思うわけで。玄関を開けるのに躊躇《ためら》いがなくなってきたり、無視されると分かっていてなお楽しそうに話しかけてきたり、いつの間にかタメ口になっていたり、挙句の果てにはそれとなく女物の私物が置かれてたり。

順当にストーカーとしてのレベルが上がっているというか。なんたって、独り語りの際に自分のことを通い妻と自称しだしたぐらいだ。一度も会話が成立していないのに通い妻とは……。

今だって、我がもの顔で部屋の中を歩き回っているのだろう。レポート作業中でパソコンから目が離せない＆徹底無視のため確認こそできないが、それでも容易《たやす》く想像できる。

「じゃ、そろそろ帰るね。私も本当はもっと一緒にいたいんだけど、ゴメンね？」

「……」

謝られても困るのだが。というか、俺が不満に思ってるみたいな言い方をしないでほしい。徹底的に無視されていて何故そこまでポジティブシンキングでいられるんだ……。

「じゃ、行ってきまーす！　また明日ね！」

そう言ってストーカーは出ていった。着々と恋人ごっこが上手《うま》くなっていってるようでなによりである。……もちろん皮肉だ。

「はぁぁぁ……」

盛大な溜め息が零れる。トタトタと離れていく足音を意識の片隅に追いやって、考えるのは今後のこと。

「——マジでどうなるんだろうか」

まったくもって想像できない。いや、会話が成立したこともなく、なんなら未《いま》だに名前も知らない相手との未来なんて、想像できるわけなどないのだが。

というか、そろそろ自己紹介ぐらいしてほしい。そしたら反応してあげてもいいから。

◇◇◇

「ふんふーん♪」

今日も今日とて、ストーカーは我が家に不法侵入している。……もはや法的には『不法侵入』なのか怪しいが、なんかもう心情的には不法侵入ということで通したいので、今後もその体《てい》でいこうと思う。

まあ、それはそれとして。我が家での初遭遇から、もうすぐ二週間。俺以外の声や足音が聞こえてくるのが、すでに当たり前になり始めている今日この頃。

「……」

ここで思うのは、よくもまあ未だに機嫌を保っていられるものだということ。

ストーカーが堂々と不法侵入をかますようになってから、約二週間。二週間なのである。その間、俺は無視を続けている。話しかけられても一切反応していない。

普通に考えれば、ここまで無視されれば聖人ですら悪印象の一つも抱く。惚《ほ》れた弱味なんて言葉はあれど、それにしたって限度というものがある。

コミュニケーションすら成立していない、いや成立させようとしない相手に、何故そこまで好意を抱くことができるのか。どういう精神構造をしているのか、不気味を通り越して興味が湧いてくるレベルだ。

正直なところ、当初の予想では早々にヘラると思っていた。犯罪上等の執着心を見せる相手が、徹底的に無視されれば短期間でメンタルがやられるだろうと。

もちろん悪いことではない。むしろ不幸中の幸いというやつだろう。下手《へた》に病まれてしまえば、俺とて対応を変える必要があった。

最悪の場合は大事にしなくてはならなくなる。そうなれば俺の今までの苦労はパア。だから今の状況は望外の幸運と言える。

「はいっ、洗い物おーわり！　今日の家事はお終《しま》いだよ！」

部屋に響くストーカーの声。声色からは溢《あふ》れんばかりの好意が。浮かべる表情も、ニパッとした能天気な笑みを相変わらず浮かべているのだろう。

未だに一度も直視したことはなく、それでもなお容易く想像できるぐらいには日常の一部となってしまったその姿。

どんなに悪様《あしざま》に扱われても、延々と曇りない好意を向けることができるその精神性は、犯罪者であることを考慮しても尊敬に値する。

だが同時に恐ろしくもある。言葉はアレ……いや、実際その通りとしか表現できないか。ストーカーのその心の在り方は、カルト的な信仰心が根っこにあるように思えてならないのだ。

尊敬五割、不気味さ五割。比率としてはそんな感じ。それでも好意的な感情を少なからず抱いてしまっているあたり、不本意ながら俺も多少は絆《ほだ》されてしまっているのかもしれない。

だがまあ、そこは仕方ない。対人能力が終わってようが、俺も一応は男である。好意MAXの美人に献身的に世話され続ければ、多少なりとも揺らぎはする。

と言っても、揺らいだところで犯罪者ブレーキが掛かるので、今のところはそれ以上の感情を抱くことはないのだが。

「でねでね！　今日はちゃんと時間作ってきたんだ！　このあとは特に予定ないし、そっちもバイト休みでしょ⁉　だから夜までずっと一緒にいられるよ！　一応、明日は用事があるから、八時ぐらいには帰るけど。……泊まりはまだ恥ずかしいから、その、ゴメンね？」

「……」

今日ほど自分のスケジュールを呪ったことはないかもしれない。バイトは常々かったるいと思いながら働いているが、今日だけは応援依頼が飛んでこないかなと願ってしまう。

現在時刻は午後の三時すぎ。大学は三限で終了。バイトのシフトもないので、今日一日の予定は特になし。

つまるところ、これから約五時間は二人きりということ。今までなんとかなっていたのは、短時間かつ、そのほとんどが家事と多少の雑談（独り言）に消費されてたが故。

その薄氷のバランスが崩れた今、一体どうなってしまうのか……。

「じゃ、隣失礼しまーす」

——戦慄している俺の内心など知らぬとばかりに、ストーカーが隣へと腰を下ろしてきた。

「……」

ソシャゲの周回を進めるフリをしながら、心の中で愚痴を吐《つ》く。ワンルームの独り暮らし、というか俺の生活スタイルが裏目に出た形だ。

面倒《めんどう》だから、あっても邪魔だからと、俺は基本的に床に座って生活している。なので我が家に椅子はない。

あるのはパソコン用の座椅子とビーズクッション。で、俺が今使ってるのはビーズクッションの方。

クッションは、二人ぐらいなら問題なく使用できるビッグサイズ。せっかくだからと奮発して、肌触りなど最高のお高い一品。

一人で埋まるように座るなら、それは幸せな贅沢《ぜいたく》だ。では、二人で使えばどうなるか。

「……よ、よく考えれば、こうしてくっ付くのって初めてだよね。私たちって」

結果はご覧の有様。近い。比喩でもなんでもなく近い。ほぼゼロ距離なんてものではなく、完全に互いにもたれかかる体勢だ。

我がもの顔で侵入してくるストーカーも、思わずといった様子でまごついている。顔を覗くわけにはいかないので確信はないが、雰囲気から顔を真っ赤に染めているのが想像できる。

「……えへへ」

だがそれでも、ストーカーの猛攻は止まらない。照れくさそうな声とともに、肩に加わった重さ。頰を刺激する細いナニカ。そして鼻を擽《くすぐ》る甘い香り。

確認しなくても分かる。肩に頭を乗せられた。しかも頭を擦《こす》り付けられるオマケ付きだ。

なんともこそばゆい。そして鬱陶しい。唐突に、それでいてえげつない勢いで詰められた距離。急接近としか表現できない状況に、心の中でなんとも言えない感情が溢れてくる。

このストーカーは犯罪者だ。だが同時に美人だ。犯罪者であるという忌避感と、未だに素性不明なことによる不気味さ。そしてそれすら霞《かす》ませる、気恥ずかしさと性的なアレコレ。

ああ、もう正直に吐露してしまおうか。ストーカーの行動を可愛《かわい》いと思ってしまう自分がいる。なんだかんだと魅力的に感じてしまう自分がいる。

何度も言うが俺だって男だ。普通に性欲だってある。それでいて女性経験など皆無なのだ。……これは別に誇らしげに言うことではないが。

そんな非モテ男子が、美人に言い寄られて動揺しないわけがないだろう。こんなはたから見たらバカップルそのものな状況に叩《たた》き込まれれば、そりゃあもう愉快なまでに慌てふためくに決まっている。

動揺が表に出てないのは奇跡に近い。自分のメンタルコントロールと、あまり動かない表情筋に拍手喝采を送りたいぐらいだ。……それでも微《かす》かに手が震えているのだから、俺がどれぐらい動揺しているか客観的に分かると思う。

多分、今の俺が中身入りのティーカップを手に取ったら、漫画みたいにカタカタと愉快なことになること請け合いだ。

「……良い匂い。知ってる？　体臭を良い匂いって感じられると、その人と遺伝子的に相性が良いんだって」

「……」

いや本当に止めてほしいんだが。人の体臭をガッツリ嗅ぎにこないでくれ。これに関しては美人とか関係なく気色悪い。

……やはりストーカーはストーカーか。絶妙に言動が怪しいおかげか、最後の一線を越えるのはまだまだ先になりそうだ。

性欲的な部分ではすでに陥落寸前でも、感情の砦《とりで》は未だに健在。どんなに動揺しても、最終的には『コイツ犯罪上等のヤバい奴《やつ》だし』と理性が踏みとどまってくれる。

現状ですらコレなのだから、もし悪い方向にエスカレートしたらと考えれば、興奮してようがすぐに『スンッ』となる。だからまだ大丈夫。

「──ままならないなぁ」

「え、何が？」

「……」

「あ、ゲームか」

周回のことだと思ったようである。思わず零《こぼ》れた失言は、ソシャゲを注視することでどうにか誤魔化せた。危ない危ない。

だが、ついつい失言してしまうぐらいには、口惜しい思いがあるのは事実。この恵まれた容姿のストーカーと、普通に出会っていたら。

そうなれば、俺は大手を振ってコロッといけたのに。どうして理性が踏みとどまる形で出会ってしまったのかと、俺は心の内で嘆かずにはいられなかった。

「はぁ……」

そしたら現実の方でも溜《た》め息が出た。出てしまった。

「んんー？　溜め息ついてどしたの？　話聞こうか？」

「……」

「むぅ。分かってはいたけど、やっぱり反応なしか」

当たり前である。ここまで来て反応なんかするわけがないだろうに。本当に頑張って無視しているのだから、今までの努力がパアになるようなことをするわけがない。

というか、誰のせいで溜め息をついているのかという話である。何故《なぜ》元凶が相談されると思っているのか。そもそも相談されたところで、解決なんかできるわけがないだろうに。

「まーねー。人生って溜め息をつきたくなるものだしねぇ。私もそういう経験あるし。思い出し溜め息ってやつ？」

なんということでしょう。人が凄《すさ》まじいブーメラン発言に辟易《へきえき》していたら、元凶サイドがしみじみとした雰囲気で語り始めたという。

「私の友達にメグって子がいるんだけどさ。その子がねー、中々に気が強いんだよ」

ゆっさゆっさと身体《からだ》が揺れる。震源地は真横のストーカー。愚痴っぽいことを語っているからか、メトロノームみたいに身体を揺らしているのである。

「……」

腰掛けているのが、不安定なビーズクッションという自覚はないのだろうか。シンプルにやめてほしい。こちらがクッションから転げ落ちかねない。

「メグってさ、クールぶってるけど、結構なおっちょこちょいなんだ。それなのに自分はちゃんとしてるって思っててねー。気が強いからツッコミっぽいことをよくやってるんだけど、たまーに見当はずれというか、自分の方がやらかしてたりしてさ。しかも無自覚！やっぱり天然の人ってそういうの多いのかなぁ？」

「……」

なによりやめてほしいのは、時折、いや結構な頻度で強く身体を押し付けてくることである。

話して、いや独り言を呟《つぶや》いている内にテンションが上がってきたのか、当初の恥じらいは何処《どこ》行ったってレベルで引っ付いてくるのだ。

全身が柔らかいわ、なんかよく分からないが甘い匂いがするわで、凄まじい勢いでメンタルにダメージが入ってて……正直かなり辛《つら》い。

あとさっきから地味に困惑してるのだが、そもそもメグって誰だ。こっちは口動かしてる本人の素性すら知らないのに、ストーカーの友人らしき輩《やから》の話をされても反応に困るんだって。……いや反応はしないんだけどさ。

「……っ、あ！　そうだ！　他にも皆のことで聞いてほしいんだけどさ！」

「……」

いやだから、その『皆』の前に自分の話をしてくれれと。素性不明の相手の知り合いとかひたすらに素性不明なだけなんだって。

せめて名乗ってくれ。実際に口に出すわけにはいかないから知らないだろうけど、俺の脳内だと未《いま》だに人称が『ストーカー』だぞ。

バカップルみたいな距離感で、自分のことを通い妻と例えてるところ悪いが、心の距離は果てしないことになっているんだが？

もういっそのこと、一人称を自分の名前にしてくれ。たまにいるだろそういう女の人。

地が出てきてるのか知らんけど、初期の印象というか、キャラからブレてきてるしさ。この際あからさまなキャラチェンジしても受け入れるから。……どっちにしろ相手にしないし。

「えっと、そのっ、あそうだ！　夜ご飯はどうする？　なんなら私が作ろうか？　……遥《はる》斗《と》君が料理上手なのは知ってるから、ちょっと自信ないけど」

「……」

むむっ。……そうか。八時までってことは、夕飯の時間帯までもつれ込むことになるのか。

俺のファーストネームや、料理ができる人種であることが当たり前のように把握されていたが、それはさておき。

ああ、おかげで『ストーカーの正体、バイト先の客説』が再び浮上してきたが、この際脇に置いておくとも。それよりも重要な問題があるから。

「……」

さて、どうしたものか？　流石《さすが》に夕飯まで出されたら、無視を続けるのは難しい。皿が目の前にある状況で、手をつけないというのは……。

別に料理好きというわけではないが、まがりなりにも飲食店勤務、それもキッチンも担当する立場だ。給金を貰《もら》って作っているからこそ、料理の際の苦労はよく知っている。

自分が作った品を粗末に扱われているのを見た時は、無駄な苦労をさせられたようで不快感が凄《すご》い。

だからこそ、俺は食べ物で遊ぶことは好きじゃない。料理はちゃんと食べるのがポリシーだ。別に残すなとは言わない。満腹だったり、嫌いな物があれば仕方ないと思う。だが、お喋《しゃべ》りに夢中で全く食べることをしなかったり、ＳＮＳに投稿することを第一にして長時間放置したりなど、その手の行為は腹が立つ。

つまり何が言いたいかというと、料理を出されたら俺は無視をやめざるを得ない。感想を求められたりすれば、返事だってするだろう。

「……」

ならば夕飯は俺が作るべきか。だがストーカーの分はどうなる？　自分の分だけ作って、あとは知らんというのは流石に……。

ここまで徹底的に無視しておいて、何を今更と思うかもしれない。だが、何度も言うが料理関係は譲れないラインがあるのである。

別に好感度や印象を気にしているわけではない。ただ料理を作るのなら、ちゃんとしたいのである。というか、シンプルに飯が不味《まず》くなるから嫌だ。

自分だけ作って？　相手の前には何もなし？　空気が地獄じゃないかそんな食卓。ストーカーとなれば、絶対に俺の手料理は楽しみに待っているはずだし、そこでお前に食わせる飯はねぇとかなったら、どんな表情を浮かべるかって話だ。

俺はそんな奴を前にして、飯が美味《うま》いと思えるタイプではないのだ。わざわざ不味い飯を食う趣味なんてない。食べ物で遊ぶのはご法度だ。

「……限界、か」

となると、無視を続けるのは今日で最後かもしれない。口惜しくはあるが、だからと言ってポリシーを曲げるわけにはいくまい。

まあ無視に関しては、八割ぐらい意固地になって続けていただけだ。ただの意地とポリシーならば、ポリシーの方が勝つのは道理。

この際、これも機会と思うことにしよう。期間にして二週間と少し。ほぼ毎日顔を合わせるようになったことを考えれば、よくもった方だろう。

一度小さく息を吐く。もちろん、今更向き合うことへの気まずさはある。だがそれでも、決めた以上は貫いてみせ……ん？

「っ、ぁ……えっとっ、今なにか言った⁉」

向き合おうと身体に力を入れた瞬間、ふと違和感を覚えて動きを止める。俺の身に強く押し付けられた柔らかさが、確かな異変を主張していた。

「……」

——なんかこのストーカー、若干小刻みに揺れてないか？　さっきまでのメトロノーム的なゆらゆらじゃなくて……アレだ。震えてる気がする。

「……えっ、と、ちょっと考えごとしててっ、そのっ、何か言ったっ？」

ふむ。やはりストーカーの様子がおかしい。気がするとかではなく、実際に震えているし。あと妙に落ち着きがない。

思い返せば、少し前から言動も怪しくなっていた気がする。地が出てきたのかと思っていたが、その割にはやけに口数が多くなっていたような？

人が向き合おうと思った矢先に、この異変。最初は体調不良かと疑ったが、今まではそんな素振りなど見せていなかったわけで。

マトモに見ていないがために確証はないが、ストーカーは健康体のはず。体調が急激に悪化することもなくはないが、その場合はこんな悠長な反応はしていまい。

「……」

とりあえず、ストーカーと向き合うのは一旦保留。明らかに異変を起こしている状況で、下手《へた》なことはしたくない。というか、理由もなく小刻みに震えている人間と向き合いたくない。

なので、ひとまず観察する方向にシフトする。直接確認することはできないが、代わりに声色と行動で原因を突き止めたい。

「いやっ、その、ね？　えっと、今日はいい天気だねぇ」

それはそれとして、本当にどうしたんだコイツ。急に漫画のコミュ障みたいな切り出し方してきたんだが……。さっきまでの威勢はどこ行ったんだ。俺の知らない友人の話題を嬉々《きき》として語ってたくせに。

知り合いの知り合いの話を選択できるコミュ強（コミュ障）が、わざわざ持ってくる話題じゃないだろうに。

それだけ切羽詰まっている状態ということか？　咄嗟《とっさ》に天気デッキを出してしまうぐらい、脳のリソースが奪われているとか？

「っ、あ、そうだ！　夜ご飯一緒に食べるなら……材料あるか確認しなきゃっ。えっ、とぉ、何があるかなぁ!?」

そんな言葉が聞こえるとともに、真横にあった温《ぬく》もりが消えた。どうやら冷蔵庫の方に向かったらしい。

実際問題、食材の確認は確かに必要なことではある。一応、料理はちゃんとやるタイプの人間なので、一般的な一人暮らしの大学生よりかは食材のストックはある。

だが、それでも一人分で計算して買い込んでいるため、場合によっては材料が足りない可能性はあるのだ。

……問題は、その行為が微妙に怪しいところである。必要な行為なのは認めるが、どうにも真意が不明というか、何かしらかの誤魔化《ごまか》しくさいというか。

「……っ、ありゃぁ。ちょっと食材が足りないかなぁ？」

「……」

聞こえてくる声がわざとらしい。いや、若干上ずっているので、明らかに何か意図がある。

冷蔵庫を開ける音がしたので、不自然にならない程度に横目でストーカーの姿を確認する。

冷蔵庫の扉を開け、身体を屈《かが》めている姿。だがやはり、その身体は震えている。ついでになんかステップを踏んでいる。

テシテシテシと床を踏み、フルフルフルと揺れる身体。心の中でなにかテンション上がる曲でも熱唱してるのだろうか……？

「ねぇっ、私が準備しておくからっ！　遥斗君ちょっとスーパーで買い出し行ってきてほしいな!?」

いや行かないが。何故に不法侵入してる相手に、家のことで指示されにゃならんのだ。しかも絶対になんか別の目的があって、俺を外に出そうとしてるだろ。

確かに料理関係ではちゃんとやるのが俺のポリシーではあるけど、それとこれとは話が別だ。というか、言われて思い出したが、食材のストックはそこまで壊滅してなかったはずだ。減っているのは確かだが、工夫すれば余裕で二人分ぐらいの料理は作れるぞ。

「……」

なのでここは無視一択。スマホに意識を傾け、ストーカーの存在をシャットアウト。

「……遥斗君のえっち……」

待て流石に看過できない類いの暴言が飛んできたんだが⁉

「っ……⁉」

思考回路をフル回転。何故《なぜ》そんな風評被害を受けなければならないのか、その理由を全力で探る。

いや本当に心当たりがない。そもそも完全に無視しているのだ。自発的に干渉していない時点で、スケベ呼ばわりされる理由がない。

そりゃ確かにストーカーの身体に触れてはいたが、それはシンプルに向こうが揺れる際にくっ付いてきたからであり、俺の方はされるがままになっていた。

「うぅっ……」

「……？」

大層不満そうな唸《うな》り声が聞こえてくる。だがしかし、そんな反応をされたところで困るのである。

不満があるのなら言葉で伝えてほしい。この二週間で、ストーカーがお喋り好きなのは身をもって実感しているのだ。

毎度毎度スピーカーの如く動かしている口で、スケベ呼ばわりの理由を是非叫んでくれ。……十中八九言いがかりだろうが。

にしても、マジでなんなんだか。まあ、ストーカーの様子に理由はあるのだろうが、それでも見当が付かない。

記憶の中でストーカーの異変を羅列しても、やけに切羽詰まった雰囲気で、身体は小刻みに震えて、やたらと謎のステップを踏んでいたぐらい……あ。

「……ぇ、ちゃう……」

いや、ちょっと待て。え、つまりそういうこと？

「ぁ、ぅぅ、もう本当に漏れちゃう……!!」


なに人の家でトイレ我慢してんだコイツ。


「……」

いやマジで何してんだ。さっきから挙動不審だったのは、ずっとトイレ行きたいのを堪《こら》えてたからとか。シンプルに馬鹿なんじゃないの？　それで人をスケベ呼ばわりとか失礼がすぎる。

というか、人の家で謎の限界チャレンジをしてんじゃねぇよ。失敗したらどうすんだよいろんな意味で……。

「だってオシッコの音聞かれたら恥ずかしいじゃん……!!」

自然と吐き出された溜《た》め息に、ストーカーが震え声で言い訳を叫ぶ。

一応、ソシャゲに向けての体《てい》を保ってはいたのだが、ストーカーは自分に向けての溜め息だと認識したらしい。実際その通りである。

「っ、お願いだから外に行ってぇ……！」

そんなこと言ってないで、そっちがさっさとトイレに行ってこい。膀胱炎《ぼうこうえん》になるぞ。てか、決壊したら目も当てられないのでマジで早く行け。

「〜〜っ、じゃあせめて音楽聴いてて!!　絶対だからね!?」

流石に限界が来たのか、最後にそう叫んでストーカーはトイレへと駆け込んでいった。

ドタドタバタンと、慌ただしくドアが閉まる音を聞きながら、虚空を見つめる。

「……どうすんべ？」

音楽を聴いててと言われても、それで指示通り動いたら無視じゃなくなるし……。いや、無視は終わりにするつもりと言われれば、確かにその通りではあるのだが。

正直な話、この謎のイベントのあとに向き合いたくない。いろんな意味で気まずすぎる。

じゃあ指示を無視するのかって話になるのだが、それをすると嬉々としてトイレの音を聴きにいった変態扱いになるわけで……。

「これどっちにしろ詰みじゃねぇか……」

やってらんねぇと頭を抱える。無駄に究極の二択を突きつけてくるのは勘弁してくれ。

というか、シンプルにストーカーが気にしすぎなのだ。そりゃ確かに聴かれたい類いの

音ではないだろうが、人類共通の生理現象であるわけで。

少なくとも、スケベ呼ばわりされるのは納得いかない。俺は別に、そういうのにエロスを感じる人種ではない。人類のフェチの幅が広大なのは承知しているが、少なくとも俺にそっちのフェチはない。

だからストーカーのそれは言いがかりも甚だしいのだが、だからといって現状では否定する手段が……。

「……」

マジで頭が痛い。なんでこんな馬鹿みたいなことで悩まにゃならんのだ。

そんな風に眉間に皺《しわ》を寄せていると、激しい水の音が聞こえてくる。……断っておくがトイレが流れる音である。どうやらアレな方の音は、俺が唸《うな》っている内に終わったらしい。

そしてパタパタと響く足音。とりあえず、この精神衛生上よろしくないイベントが、無難に済んだようでなによりである。

「——っ!?　ねぇぇえぇっ！　音楽聴いててって言ったじゃぁぁん!!」

「……」

訂正。どうやら無難に終わりはしなかった模様。そりゃそうだ。トイレに入っていたのだから、俺が頭を痛めて聴き逃していたことなど分かるはずがない。

「ぅぅぅっ、今日はかえるぅ!!　……遥斗君の変態っ」

結局、俺は不名誉な言いがかりから逃れることはできないらしい。……まあ、代わりに夕飯云々《うんぬん》の話はたち消えたので、無視は今後も継続することができそうなのは良かった。

「……そう思わなきゃやってられんわ」

——とりあえず、人を変態呼ばわりした以上、ストーカーの待遇は上げてやらんと誓っておく。絶対に相手にはしてやんねぇ。

第三章　シルキーの正体

Chapter 3

――最近、私の友達の様子がおかしい。

「……ちょっと夏帆《かほ》。またズレてる」

「あっ、ゴメンね⁉」

日向《ひなた》夏帆。私が所属するガールズバンド、アバンドギャルドのベース担当。あとついでに作曲もしている。

性格は真面目。しかし堅物というわけではなく、物腰柔らかな優等生といった感じ。実際、高校時代はクラスのまとめ役みたいなことをしていたらしい。

そんな性格だからか、夏帆の演奏はとても丁寧だ。派手さこそないが、正確に譜面をなぞって曲を支えてくれている。

だが、それがここ最近では見る影もない。特に今日は酷《ひど》い。いつもの夏帆だったら絶対にしないケアレスミスを繰り返しているのだ。

「夏帆どったー？　なんか今日らしくないよ？」

「もしかして体調悪い？」

残りのメンバー、ギターボーカルの千秋蘭《ちあきらん》と、ドラムの中田冬華《なかたふゆか》も同意見のようで、怪訝《けげん》な顔で夏帆の近くに寄っていく。

私たちに共通している感情は心配。なにせ長い付き合いだ。夏帆と蘭は高校からの同級生。私と冬華は二人よりも年上だけど、二年前にホームのホロスコープで遭遇し、それからよくつるむようになった。

私の名前が春崎《はるさき》 恵《めぐみ》で、全員の名前の何処《どこ》かに四季が入ってたことも大きかった。そこから意気投合して、全員がライブハウスに足を運ぶぐらいの音楽好きだったこともあり、なんやかんやの末にバンドを結成した。……ちなみに私はギター担当。

まあそんなわけで、私たちはかなり仲が良い。そもそもの始まりが、バンドをやるために集まったのではなく、集まってる内にバンドに手を出したグループだから。

だからこそ、友達の様子がおかしければ心配になってしまう。今は色々と大事な時期ではあるけれど、それでも練習を中断して全員が話を聞く姿勢を取るぐらいには。

「えっと……私は大丈夫だよ？」

「夏帆。何か困ってることがあるなら教えて。私たちが相談に乗るから」

「そうだよー？　私たちの仲じゃーん」

「力になれることがあるなら言って」

大丈夫、なんて言葉は信じない。大丈夫じゃないと思っているから、こうして私たちは詰め寄っているのだから。

「……うん、分かった。それじゃあ、お願いしようかしら。実際、私たち全員に関係していることでもあるしね」

暫《しばら》くの沈黙のあと、夏帆は諦めたようにそう呟《つぶや》いた。沈鬱な、それでいてどこか覚悟を決めた表情を浮かべて。

そんな夏帆の姿に、私たちは反射的に身構えてしまう。しっかり者の夏帆が、ここまで深刻な様子を見せる悩み。それも私たち全員に関わる内容となると、どんな厄ネタが飛び出してくるのか。

「……もしかしなくてもヤバい？」

「うん。結構ヤバい話。下手《へた》したら警察沙汰になるかも……」

「ちょっと待って⁉　何がどうなってそんなことになるわけ⁉」

「メグちゃん。それも全部ちゃんと話すから。この際、皆の意見も聞きたいし」

「意見って……」

言葉が続かない。夏帆の口から警察沙汰なんて言葉、聞きたくなかった。そもそも警察が出てくる理由が分からない。

まさかバンドの契約関係か？　いやでも、あそこの会社は大手ではないけど、ちゃんとしたところだってことは分かってるし……。

「それじゃあ話すわね。——ちなみに蘭ちゃんのことなんだけど」

「えっ、私⁉」

「……また蘭？」

「蘭あんた今度は何した⁉」

ここでまさかのキラーパス。蘭の名前が出たことで、一瞬で夏帆から矛先が変更された。

……ここの何がヤバいって、私も冬華も微塵《みじん》も疑わなかったということだ。

蘭はそれぐらい問題児だ。性格が悪いとか、そういうわけでは決してないのだけど、端的に言って頭が悪いのだ。

最低限の外面を取り繕う知性はあるのだが、仲間内で集まったり、気を抜いたりすると、途端に脳味噌《のうみそ》が溶けるタイプのアホの子。

それでいて地味に運が悪いので、些細《ささい》なことから無駄に大きなトラブルを引き寄せることがままある。

つまるところ、今回もそういう系の話なのだろう。だから私も冬華も、怒ると同時に納得もしてしまっていた。蘭が原因なら仕方ないと。

とはいえ、警察沙汰になるかもってレベルは流石《さすが》に初めてなので、いつものように呆《あき》れながら頭を叩《たた》いて終わり、で済ますことはできないのだけど。

「待って待って待って！　夏帆さん待って⁉　なんで私なの⁉　そんな心当たりは——」

「下着入りのジップロック」

「――スゥゥ……」

オイちょっと待て。私の想像と別ベクトルな案件の気配がプンプンするんだけど。

というか、え？　下着入りのジップロックって何？　普通に生活してたら、まず耳にしない単語の組み合わせなんだけど。

「……な、なんでそれを？」

「ちょっと前に、蘭ちゃんの家に泊まりに行ったでしょう？　その時、蘭ちゃんお風呂の着替え忘れて、私が持っていったじゃない。その時に見つけたの」

「……」

「最初はね、ライフハック的なやつだと思ったのよ？　トラブル除《よ》けに、男性用の下着を洗濯物と一緒に干したりするし。……でも、丁寧にジップロックに仕舞《しま》う理由はないから、おかしいと思って。で、探してみたらいっぱいあったし、中の下着もしっかり使い込まれてるっぽかったから、ね？」

「いや、その……」

「それからずっと嫌な予想が続いてて、蘭ちゃんのことはそれとなく注意してたの。で、悪いと思ったんだけど、この前ちょっと蘭ちゃんのスマホを覗いたんだ。……そしたら男の人の写真がビッシリ。しかもツーショットとかじゃなくて、明らかな隠し撮りっぽいのが」

「そ、それは違くて……」

「写真に写ってた人、この前に蘭ちゃんがダル絡みした、マリンスノーの店員さんよね？　なおかしいと思ったんだ。蘭ちゃんって、わりと人見知りで内弁慶なタイプじゃない？　なのにあの時は、珍しく知らない人に突っ込んでいってた。つまりそういうことでしょ？」

「あうあう……」

淡々と言葉を重ねていく夏帆の姿に、どちらかというと観客寄りである私や冬華も気圧《けお》された。滅多《めった》にない夏帆のマジギレ。大人しい人ほど、怒らせたら怖いという典型例。

当然、詰められている蘭は酷いことになっていた。ダラダラとギャグみたいな量の汗を流して、目は全方位に泳いでいる。なんとか弁解の言葉を吐き出そうとしているのだろうが、結局言葉は形にならずパクパクと口を動かすだけ。

「ねえ、蘭ちゃん。正直に答えて？　もしかしなくても、ストーカー的なことやってるわよね？」

「……」

まあ、それはそれとして。ギターボーカルというバンドの『顔』に、かなり黒寄りの犯罪疑惑というのは普通に洒落《しゃれ》にならんわけで。

観客気分はそろそろお終《しま》い。一度冬華と顔を見合わせてから、推定罪人を取り囲むために移動する。

「――蘭、正座」

「洗いざらい全部話しな。今回ばかりは、隠しごとしたら拳骨《げんこつ》だけじゃ済まさないよ」

◇◇◇

さて、ここで少しばかり、【千秋蘭】という人物像について語るとしよう。

実のところ、千秋蘭という人間はかなりの才女である。まず本人のスペックが高い。難関とされる国立大学にストレート合格するぐらい頭が良く、容姿も整っている。

さらに父親は有名企業の役員で、母親は歴史ある名家の出身。実家は高級住宅街の一等地という、肩書きだけなら正真正銘のお嬢様。

また、趣味で始めた音楽活動は、今ではレーベルから声が掛かる成果を出している。

……バンドに関しては、メンバーの努力ももちろんある。だがそれを抜きにしても、蘭には音楽における天賦の才が宿っていた。

つまり蘭は、比喩でもなんでもない完璧超人なのである。見た目良し、家柄良し、才能良しのスーパーウーマン。

私を含めた他のメンバーとは違う世界の住人であり、事実として私は、何度も『何故《なぜ》この子はここにいるんだろう？』と首を捻《ひね》っていた。

「――と、という感じで、遥斗《はると》君がドアに鍵を挿したまま部屋に入ったのを目撃しちゃって。魔が差してその鍵を回収しちゃいました。……それ以来、何度も部屋に侵入してます。し、下着とかもその時に……」

「アンタ何回『魔が差せ』ば気が済むわけ？」

まあ、そのたびに『頭のいい馬鹿だから』と再確認し、溜《た》め息とともに納得しているのだけど。

「いやてか、相手も相手もでしょ。なんで鍵挿したまま部屋入ってんの？」

「それは私も分からない」

「酔ってた？」

「ストーキングしてたから断言できるけど、素面《しらふ》だったよ」

「堂々と言うことじゃないんだよ、この馬鹿！」

「痛い⁉」

反省の色が見えなかったので、正座中の蘭の頭に拳骨を落とす。ちなみに現在五発目である。

まあ、それはそれとして。非常に遺憾ではあるが、メンバーの犯罪行為が確定してしまったわけで。

さあどうするかと全員で頭を抱え、すぐさまどうしようもないことに気付く。そして再び頭を抱えた。

「はぁ……。これ、マジで洒落になんなくない？　下手しなくても蘭はお縄だし、バンドも契約切られるじゃん」

「やっぱりそうよね……。蘭ちゃん。なんで踏《ふ》み留《とど》まれなかったの？」

「まさか蘭がここまで馬鹿だったなんて……。ご両親も大変だ。一人娘が犯罪者になっちゃったんだから」

「あうあう……」

全員からボロクソに叩かれ、蘭が涙目で震え始めた。……泣きたいのはこっちなんだけど。

そりゃさ、私たちのバンドの始まりはただのノリだよ？　絶対にデビューしてやる、なんて夢があったわけじゃない。それでも活動を続けていく内に熱心になっていったし、レーベルと契約できた時は内心で絶叫してたんだ。

それなのにコレである。メンバーにこんな形で裏切られるなんて、というやつだ。蘭のことは散々馬鹿だ馬鹿だとネタにしていたが、まさかここまでの馬鹿だとは思わなかった。

正直、今こうして冷静に話を聞いてあげているのが信じられないぐらいだ。普通なら罵《ば》詈雑言《りぞうごん》の果てに絶縁してる。自分たちがこんなお人好《ひとよ》しだったとは……。

「あぁっ、もう！　本当にどうすればいいのこれ!?　いっそのこと私たちで警察に突き出す⁉　確か民間人でも現行犯なら逮捕いけたよね⁉」

「メ、メグちゃん落ち着いて。ここじゃどうやっても現行犯は無理だし、せめて自首させてあげるとか……」

「本当に自首するかも分からないのに⁉　コレにそんな良識があるとか、私もう信用できないんだけど⁉」

「メ、メグが酷《ひど》い……」

「蘭。自業自得」

「あうあう……」

　あうあう、じゃないんだよ！　犯罪行為に手を染めてる時点で、少なくとも私の中におけるアンタの信用度は地に落ちてるからね⁉

「アンタねぇ……！　私たちがかなりの温情を見せてるって自覚あるの⁉」

「ある！　あります！　ぶっちゃけ、メグには顔の輪郭が変わるぐらい殴られるって思ってました！」

「アンタ人のことなんだと思ってんの⁉」

　それはそれで腹立つんだけど⁉　なんなら本当にそれぐらいビンタしてあげようか⁉

「ともかく待って！　私の話を聞いて‼」

「ストーキング、不法侵入、下着泥棒の数え役満で何を聞けと⁉　言い訳のしようがないでしょうが!!」

「い、言い訳じゃないから！　ただアレなの！　確かにやっちゃ駄目なことを私はしたけど、警察とかは大丈夫なの!!」

「はぁぁぁぁぁっ!?」

どこに大丈夫な要素があるって!?　どう考えてもアウトじゃんか!!　てかコレ、自首する気ないってゲロったようなもんでしょ？　……は？

「……蘭。アンタは同じバンドの仲間だし、友達だとも思ってる。だからこそ、私にはその腐った性根を叩き直す義務がある。歯を食いしばりなさい」

「だから待って!?　今の一瞬で何でそんなスンッてなるの!?　グーを構えないで!?　それ拳骨じゃなくてストレートでしょ!?　お願いだから理由を聞いて!!」

「メグ。ステイ」

「その、お説教したい気持ちは分かるけど、一応弁明ぐらいは聞いてあげよう？」

「……チッ」

夏帆と冬華に制止され、舌打ちしながらも拳を解く。まあ、制裁は全てを聞いてからでも遅くない。むしろフェアである。……犯罪行為を自白してる時点で、フェアもクソもないんだけど。

「いやあのね？　私、その……侵入したら毎回家事とかやっててね？　だからめっちゃ早い段階で、私の存在はバレてたと思うんだ」

「アンタ何やってんの……？」

　待って本当に分からない。何で不法侵入してる人間が存在を主張してるわけ⁉　しかも一回だけならまだしも、この口ぶりからして何度も通ってんでしょ⁉

「え、つまりそういうこと？　もうとっくに警察に通報されてるだろうから、今更動く必要ないって言いたいの？」

「ら、蘭ちゃん？　世の中ってね、基本的に逮捕されるより自首した方が罪は軽くなるのよ？」

「いや違うからね⁉　流石の私もそこまで馬鹿じゃないよ⁉」

「ストーカー、住居不法侵入、下着ドロの三倍役満で？　どう考えても馬鹿の中の最低辺でしょ」

「ぐう」

　ぐうの音を出すな。仕舞え。

「だから違うんだって！　警察沙汰になんてしなくて大丈夫なんだって！」

「普通に警察沙汰だよ？」

「そうだけど！　そうなんだけど！　――だって私、遥斗君がいる時も普通に部屋入ってるもん！　目の前で家事とかしてても何も言われないもん！　なんだったらくっ付いてるもん!!」

「「「……は？」」」

――完全に予想外な台詞《せりふ》が飛び出してきたことで、全員フリーズ。何を言っているんだろうかこの娘は。

「だからね！　法律的にはストーカーとか不法侵入とか色々してるんだけど、被害者側の遥斗君が一切気にしてないの！　ガッツリ顔を合わせてる上で、やめろとか一度も言われたことないいんだって！」

「「「……」」」

本当に何を言ってるんだろうかこのバカは。いやマジで、え？　そんな人いるの？　ええ……？

「……ええと、つまり？　確かに自分はストーカーしてたし、不法侵入もしてたけど、お相手もそれは承知していて、その上で何も言ってこないと？」

「そう！　そうなんだよ！」

「……とりあえず、一個訊《き》いていい？」

「なに？」

「下着ドロが抜けてるのは何故？」

「……スゥウゥ」

「オイコラ」

余所見《よそみ》しないでこっち見ろ馬鹿。口笛吹くな言葉を喋《しゃべ》れ。さっきの説明からして、窃盗行為についてはお相手何も知らない可能性が高いだろうが。

……いやでも、不法侵入するレベルのストーカーを黙認している時点で、お相手もその辺りは折り込み済みな可能性も高いか？

「……チッ。まあ、言いたいことは分かった。何言ってんのかは分からなかったけど。あの店員さん、真面目な良い人だと思ってたんだけどなぁ……」

「……まさかメグも遥斗君狙ってた？」

「ちがわい。何でもかんでも恋愛方面に結びつけんな脳内ピンク」

「脳内ピンク⁉」

私は普通に感想を述べただけだわ。そりゃ私たちはマリンスノーに結構通ってるし、必然的に蘭がお熱の店員さん……遥斗君だっけ？　まあ、その人とも多少は顔見知りではあると思う。

とは言え、それはあくまで客と店員の関係でしかなく、注文と商品の受け渡し、あとは会計の際に顔を合わせる程度。……この前のサービスの時が、多分初めて会話らしい会話をしたぐらいだ。

なので抱いていた印象はシンプル。真面目な子だなと。理由は余計なことをしないから。

私を含めて、このメンバーは容姿が整っている方だ。だから男の店員が話しかけてくることがままある。居酒屋みたいな場所だと、あからさまにナンパされることもある。

そんな中で、業務関係以外では一切話しかけてきたりせず、そつなく仕事をこなしていた彼は、意外と記憶に残っている。

店の名前と、本人の特徴が挙げられれば『あー』となるぐらいには。……もちろん、私がマリンスノーを気に入って通っているからではあるが。

ま、ともかく。蘭が妙な勘繰りをしそうではあるが、好印象であったことは否定しない。だがそれはあくまで店員として。プライベートな部分に関しては印象もクソもない。……なんだったら、蘭の証言で変人奇人の類いであると印象が固まったぐらいだ。

「というか、今更なんだけどさ。何で店員さんなわけ？　店員と客なんて、普通は好きになるほどの絡みなんてないじゃん。別に一目惚《ひとめぼ》れとか、見た目が好みだったとか、そういうのでもないんでしょ？」

「……流石《さすが》にそれは恥ずいんだけど。話さなきゃ駄目？」

「駄目に決まってんでしょ。犯罪行為の動機の部分なんだから」

「うぐっ……」

いや、そんな抵抗感を滲《にじ》ませなくても。私としては、ストーキング行為の方がよっぽど恥ずかしいと自覚してほしいんだけど。

「ほらさっさと話して。恥ずかしいってんなら、コレが自業自得であることを噛《か》み締めて反省しな」

「うぅ、夏帆ぉ……」

「ゴメンね蘭ちゃん。私も興味あるんだ」

「蘭。コレは罰ゲーム。甘んじて受けな」

「四面楚歌《しめんそか》⁉」

当たり前だろ何言ってんだ。本来なら弁護人なしの略式裁判だぞ。被害者の店員さんが、ある意味で蘭とお似合いの変人だから執行猶予が付いただけで、証言次第では即実刑なのは変わらないっての。警察に通報する準備はできている。

「……いやその、結構前にホロスコープに行く途中、かなりしつこいナンパにあってさ」

「そこを颯爽《さっそう》と助けてもらったの⁉」

「いや違うけど……。夏帆さん？」

「諦めな蘭。夏帆の恋バナ好きは知っててんでしょ。それより続き」

「うぐっ。……でまあ、かなり本気で困ってたら、ちょうど近くを歩いてた遥斗君を見つけて。私の方から咄嗟《とっさ》に突っ込んでいってさ」

「うわすげぇ迷惑」

「しょうがないじゃん怖かったんだから！　あの時のナンパ男ヤバかったんだよ⁉　チャ

ラいとかじゃなくてイカつかったんだよ!?　スキンヘッドでタトゥー入ったムキムキタンクトップだぞ!?」

「「「うわー……」」」

言われて納得。そりゃ怖いわ。わりとナンパ慣れしてる側の私でもビビると思う。よしてや、人見知りで内弁慶タイプの蘭ともなれば……。

そりゃ迷惑だと分かっていても、顔見知りを見かけたら駆け寄りたくもなるか。相手からしたら堪《たま》ったもんじゃないだろうけど。

「それで店員さんはどうだった？」

「い、意外と冬華も食い付きが良い……。その、最初は何ごとかって感じで驚いてたけど、ナンパ男に気付いたらスッて私を背中に隠してくれて。で、そのまま普通に追い払ってくれたんだ」

「え、意外。あの店員さん草食系かと思ってた。そんな度胸あるんだ」

「そうなんだよ！　遥斗君はカッコイイんだよ！　しかもそのあと、当たり前のようにホロスコープまで送ってくれたんだよ!?」

「あー、分かった分かった。分かったからテンション下げて。アンタ声量凄《すご》いんだから、無駄にうるさいんだって」

「あ、ゴメン」

ったく。演奏中は力強い武器になる声量も、こういう時はひたすらに迷惑というか。まさかこんな大音量で惚気《のろけ》られる羽目になるとは思わなかった。

「つまり、その時にコロッといっちゃたってことでオーケー？」

「あ、いや。確かにそれが意識し始めたきっかけなんだけど、まだその時は感謝の気持ちが大きかったんだ。ただ凄い迷惑かけたのに、あの日以降も全然態度とか変わらなくてさ……」

蘭曰《いわ》く、最初は迷惑そうな顔をされたりするのかなと不安だったそうだが、当の本人は一切そんな素振りを見せず、今まで通りの笑顔で接客してくれたのだという。

それでいて距離を詰めるどころか、その日のことを話題に出すことすらせず、本当に何ごともなかったかのように接してくれた。せいぜいが、ナンパ後の初来店の時に、あれ以来大丈夫でしたかと訊《たず》ねてきたぐらいだったと。

その対応がありがたくて、気付けば目で追っていて、いつの間にかどっぷりのめり込んでいたのだという。

「なるほどねぇ……」

「少女漫画みたいで素敵ね」

「王道ストーリー」

「わぁぁ!?　ヤメテヤメテ恥ずかしくてむず痒《がゆ》くなる！」

「まあ、ストーキングが全部を台無しにしてるんだけど」

「あうあう……」

　本っ当にコイツは……。冗談抜きで残念すぎる。これで犯罪に手を出してなければ、私たちだって大手を振って応援できたのに。

「なんでストーカーになっちゃったのかねぇ……。アンタ見た目は良いんだから、普通にアタックしてた方が勝算高いでしょうに」

「それができれば苦労しないんだよぉ！　コッソリ目で追うだけで精一杯なんだよ私には!!」

「ストーキングして不法侵入して下着盗む方がハードル高いわ!!」

　ちょっとコイツの脳ミソどうなってるか見てみたくなってきた。明らかに常識が備わってないから。

「でも、でもだよ!?　それでも遥斗君は受け入れてくれたんだよ!?　つまりコレは運命ってことでしょ!?」

「いやそれは、……うーん？」

「普通に考えたら、そういう人特有の思い込みなんだろうけど……」

「正直、否定できない自分がいる」

「でしょお!?」

オイコラそこ。我が意を得たりって顔すんじゃない。私たちとしては、滅茶苦茶《めちゃくちゃ》に不本意なんだから。

いやねぇ……。被害者の店員さんには、厄介なモンスターを近づけて心底申し訳ないんだけど。この粘着ストーカーを受け入れられそうな人物が、どうしても他に想像できないのだ。

これまでの蘭なら、恋人なんてそこまで苦労せずにゲットできると思っていた。だが、内面にこんなドロッドロの情念を溜め込んでいて、なおかつ法を破るぐらいに堪《こら》え性《しょう》がないと判明した以上、マトモな恋人を作るのは難しいだろう。

男に逃げられるならまだマシで、最悪の場合タチの悪い男に引っかかって食い物にされたり、ホストとかに貢いで破滅する未来がありそうなのが……。

その内面にドン引きこそしたものの、蘭はまだギリギリで私の中で友人カテゴリーだ。友人が男に弄ばれて破滅する姿は見たくない。

それならば、明らかに変人の気配が漂ってようが、今のところ真面目という評価を受けている店員さんの方が億倍マシなわけで。

「……とりあえず、今度店員さんに菓子折り持って謝りに行こう。ウチの馬鹿が迷惑を掛けましたって」

「うん。そうだね」

「同意」

「対応が保護者のそれ⁉」

「どちらかと言うと身元引受人だわ」

嫌だぞ私は。アンタみたいなバカ娘の保護者なんて。

「――まあ、ともかく。色々言いたいことはあるけど、警察沙汰にまで発展しそうにないのは分かった。一旦矛は収めてあげる」

「本当に⁉　じゃあもう正座やめていい⁉」

「夏帆。悪いんだけど私と蘭のギターケース持ってきて。中身入れて蘭の膝の上に乗せるから」

「それ江戸時代の拷問‼」

「私のベースはいらないの？」

「夏帆さん⁉」

反省の色が全く見えなかったので、容赦なくお仕置きを追加。矛を収めるとは言ったが、誰も怒ってないとは言ってないんだよ。一時的に追及をやめるだけだわ。

「ちょっ、痺《しび》れた足に中身入りのケース三つは洒落《しゃれ》になんなっ！　というかバランスがですね⁉」

「分かってると思うけど、ケース落としたら怒るからね。罰として楽器の手入れも追加で」

「他人の楽器弄《いじ》れと⁉　下手《へた》なことして使用感変わったら絶対怒るやつじゃん！」

「嫌なら落とすな。自分の失言を呪いながらちゃんと抱えろ」

「メグさんさては相当オコだね⁉」

「当たり前でしょ」

今までの会話で、ブチ切れない要素がどこにあるんだって話だ。蘭を除いた全員が、表に出てないだけでしっかり切れてるっての。じゃなきゃ夏帆も重しの追加を提案しない。

「あのね、私たちが話を聞いてどれだけ焦ったと思ってるわけ？　これまでの活動が、アンタのせいで全部パアになるとこだったんだけど？　そこんところ理解してる？」

「……スミマセン」

「謝罪しろって言ってんじゃないんだよ。……いや謝罪はもちろんいるけど。ただ謝っただけで済むレベルじゃないってこと。分かる？」

正座の体勢で、必死にギターケース三つを保持する蘭の顔を覗《のぞ》き込む。

カタカタと身体《からだ》を震わせ、顔には怯《おび》えの表情。それでもしっかり突きつける。誠意を見せろと。

「ご、ご迷惑をお掛けした分、全員のお好きなお店を奢《おご》らせていただきます」

「店員さんとのメモリーを赤裸々に話せ」

「……え？」

「金銭で解決しようとしてんじゃないよ。アンタが金欠になったところで、結局割りを食うのは頻繁につるんでる私たちなんだ。なら奢りとかいらんから、代わりにメンタルで払え。羞恥で悶《もだ》えて反省しろ」

蘭は考えなしの馬鹿だが、なんだかんだで初心《うぶ》な部分がある。それは長い付き合いでよく知っている。

意中の相手に真っ当なアタックすらできず、空回りの果てにストーキング行為に発展したのは理解できないが……。それはそれとして、私たちに惚《ほ》れたきっかけを語ることにすら抵抗感を覚えていたわけで。

ならばそこを突くのは当然。金欠なんて一過性のものよりも、羞恥に震えながら黒歴史を追加させた方がダメージはデカイだろう。

「あ、あの、メグさん……？　ウン万円のお店でも構わないので、そ、それだけは勘弁してくれませんでしょうか……」

「ああ、やっぱりお金は駄目だね。お嬢様の蘭にはそこまで痛手じゃないっぽい。ならやっぱり、嬉《うれ》し恥ずかし甘々メモリーの開示だね」

「お願いします!!　それだけは勘弁つかぁさい!!　奢りなんてまどろっこしいことしないで、現金をお渡ししますから！　なんなら土下座して靴を舐《な》めますので！　どうかっ、どうかご勘弁を!!」

「ケース抱えてどうやって土下座すんの？」

「アレまさかこの体勢は続投なの⁉　拷問ポーズで羞恥プレイしろと⁉」

当たり前だろ。反省を促すためのお仕置きなんだから。今日は終わりまでそのままだよ。

「夏帆！　冬華！　助けてメグが予想以上に容赦ない！」

「駄目だよ蘭ちゃん。ちゃんと話さなきゃ」

「面白そうだからこのままで」

「ああちくしょう⁉　こっちも恋愛ジャンキーとローテンションサディストだった！　逃げ場なしのやつだこれ⁉」

「罪に対する罰なんだから逃げようとすんじゃないよ」

「でもこれ私刑じゃん！」

「へぇ？」

「スイマセンデシタ」

よろしい。即座に謝ったから重しの追加は勘弁してやる。

「それじゃ、キリキリ吐いてもらうとして。二人とも、なんかリクエストある？」

「結局のところ、何処《どこ》まで進んだの？　ヤルことヤッた？」

「ストーップ‼　冬華アンタ、開幕から飛ばしすぎじゃない⁉　というか何でそうなったの⁉」

「え、だってマトモな接点もないストーカーを受け入れるなんて、身体が目当てでもなきゃしないはず。なら都合のいい女になってないとおかしくない？」

「そこはせめて恋人にしてくれない!?　いやそもそも、遥斗君はそういう人じゃないよ!!」

「でも蘭ストーカーじゃん。ストーカーを恋人にするのは流石《さすが》にない。普通の友達ですらギリギリでしょ」

「駄目だ反論できない……!?　いやそれでも！　よしんば私と遥斗君がそういう関係だったとして、普通友達の情事とか訊《き》く!?　気まずいにもほどがあるでしょ!?」

「いや、別に興味があるわけじゃない。ただコレは、蘭への罰としての羞恥プレイ。だから訊いてるだけ」

「相変わらずのド畜生だな!?」

まあ冬華ってそういうところあるし……。私も容赦ないなとは思ってるけど。

ただそれはそれとして、蘭の反応を見る限りだと、そこまで関係性が進んでいるわけではないらしい。

やはり店員さんはそっち関係では信用できそうだ。そして蘭は蘭で、相変わらず妙なところで初心というかなんというか。

「ま、まあ冬華ちゃん。私もいきなりそれは飛ばしすぎだと思うから。最初はジャブぐらい、普段の会話とかから始めよう？」

「あの、夏帆さん？　その言い方だと、暖まってきたらそっち方面に進むってことですよね？　フォローしてるようで、フォローしてないやつですよね？」

「蘭。そういうのいいから、さっさと答えて」

「いやあんまり良くないんだけど⁉」

キャンキャンうるさいなぁ……。腹括《くく》れって言ってんだよ。キリキリ吐いて黒歴史を量産しろ。その上で教訓にしろ。

「……」

「おーい。黙秘権なんて許してないぞー」

「……っす」

「あん？　声小さくて聞こえないんだけど」

「今のところ！　プライベートで遥斗君とマトモに会話したことはないです‼」

「……はぁ？」

オイコラちょっと待て。それだとまた話変わってくるだろうが。

◇◇◇

「――つまり話を整理すると、店員さんの在宅中に侵入しても何も言われたりしない。で、スルーされてるのをいいことに、アンタは彼女面で店員さんの家の家事をやっている」

「……はい」

「ただ家事を含め、侵入中に会話をしたことはない。話しかけはするけど、返事の類いは一切返ってこないと？」

「……そうです」

「しかも何？　一度や二度の侵入でのことじゃなくて、鉢合わせてからほぼ毎日通った上で？　もはや恒例の塩対応と？」

「……その通りです」

「アンタさぁ……」

罰として命令した赤裸々トークのはずが、蘭の不穏なカミングアウトのせいで一転。再び尋問タイムと相成ったわけだけど。

そうして出てきたのは衝撃的な事実。店員さんからのまさかまさかの徹底無視。黙認されている、というのは間違いではないのだろうが、実態はバリッバリに警戒されていた模様。

「てっきり私はさ、ストーカーがバレて『はぁ、やれやれ』的な感じで許容されてると思ってたのよ。それが蓋を開けたら何？　会話ゼロってマジ？」

それはもう違うじゃん……。よくそれで運命の相手とか言えたな。運命から認識されてないじゃんか。

「あの店員さん、本当に意外性の塊だった」

「人は見かけによらないって本当なのね……」

夏帆も冬華も、想定外の状況にドン引きしている。まあ、こっちは蘭よりも店員さんの方に驚いてる感じだけど。

実際、私も店員さんは店員さんでヤバいとは思っている。こう言うとアレだけど、ここまで何を考えてるか分からない人間ってそういない。

何度も言うが、ストーカーなんて黙認する理由がない。表では仲のいい友人、とかならまだしも、接点が薄ければ常識的に考えて通報一択だ。

それでも黙認するとなれば、相応の理由がいる。相手に惚《ほ》れられてそのままラブラブカップルに、なんてのは創作の中だけだ。

現実はもっと生々しい。身体目当て、都合のいい女が欲しいなどという理由がせいぜいだろう。

そしてそういう意味では、蘭ほど魅力的な相手はいない。どんなに性格がアレであろうと、外見は十分以上に整っているのだから。

若干スタイルの方が控え目ではあるが、その辺りは好みの範疇《はんちゅう》だろう。一応、それでも女性の平均にはギリギリ引っかかってるだろうし。……いや、そもそも顔が良い時点で、キープとしては十分か。

まあ、それはともかく。普通に考えれば、最低限そういう関係に向けて舵《かじ》を切っていると思うわけで。だからこそ、私たちも通報の心配はないだろうと胸を撫《な》で下ろしていたのだが……。

「完全にいないものとして扱われてんじゃん。アンタ幽霊かなんかだと思われてんじゃないの？」

「流石にそれはないよ⁉　メグは私のこと何だと思ってるの⁉」

「ストーカーの犯罪者」

「その通りなんだけどさぁ……」

事実を指摘されただけで項垂《うなだ》れるな。項垂れたいのはこっちだ。

「これやっぱりアレじゃん。下手したら通報ルートまだ残ってんじゃん」

「え、でもメグちゃん。部屋への侵入は黙認されてるんだから、逮捕とかは難しいんじゃない？」

「忘れちゃ駄目だよ夏帆。この馬鹿がちゃっかり窃盗もやらかしてることを」

「あ……」

そうなんだよ……。ストーカーや不法侵入はまだ誤魔化《ごまか》しが利くかもしれないけど、窃盗に関してはマジで追及されたら詰むんだよ。

だから不味《まず》いのだ。蘭が通報されない程度の好感度を稼いでいるならともかく、話を聞く限りでは明らかにそうではない。

「現状、蘭は高性能のロボット掃除機みたいなもんだ。いつ粗大ゴミとして叩《たた》き出されても不思議じゃない」

「ロボット掃除機!?　そこはせめて家政婦じゃないかな!?」

「会話すらしてもらえない時点で何言ってんの。どう考えても便利道具扱いが関の山でしょ」

「あうあう……」

というか、冗談抜きでそれぐらいにしか思われてない可能性が高いんだよね。徹底的に無視してるってことは、蘭の身体目当てではないだろうし、となると黙認するメリットは蘭が勝手にやっている『家事代行』ぐらいしかない。

蘭の話を聞く限りだと、店員さんは家事を溜《た》め込むタイプのようだし。だから代わりに家事をやってくれる蘭を、便利な無料サービスとしてあえて黙認しているパターンはなくはない……と思う。

普通だったら荒唐無稽な妄想なんだけど、マジで黙認している理由がそれぐらいしか思い付かないのだ。そして伝え聞く限りの印象では、店員さんはそれをやりそうな変人だ。

「つまりアンタがやるべきは、なんとかして店員さんの好感度を稼ぐこと。理想は恋人にまで関係が発展することだけど……ねぇ？」

「いやあの、そこで言葉を濁されるのは不本意すぎるんだけど……」

「通報されてないだけの犯罪者が何言ってんの。現状ですらいないもの扱いなのに、高望みするんじゃないよ。人として扱われれば万々歳レベルなんだから」

「何でそんな心を抉《えぐ》ること言えるの？」

　事実を言ってるからだよ。正論は時として一番人にダメージを与えるんだよ。

「……というか、通報されない内にストーカー行為をやめろとは言わないんだね」

「だって今更止めたところで手遅れじゃん。あくまで私の想像ではあるけど、アンタが黙認されてるの、店員さん側に最低限のメリットがあるからだよ？　それがなくなったらマジで通報されかねないんだから、少なくともロボット掃除機は続けるべきでしょ」

「頑《かたく》なにロボット掃除機扱いしてくるじゃん……」

　そりゃね。脱ロボット掃除機を目指すって話なんだから、スタートラインを誤魔化したら意味がないし。

「まあ、それはそれとして。最初にしっかり詫《わ》びを入れるべきではあるんだろうけど。その後よ。ゴメンなさいして、その上で自分のことを好きにしても構わないので、どうか通報しないでくださいと頼み込まなきゃよ」

「何でメグは、そこまで私に身体を差し出させようとするの……？」

「常識的に考えて、それ以外に道がないからでしょうが。初《しょ》っ端《ぱな》から選択肢を間違えたアンタが、どうしてすんなり本命ルートに入れると思ってるわけ？　普通はね、犯罪行為に躊躇《ためら》いがないってのは大きなマイナスなんだよ」

ただでさえ、重い女は無理と言う男が多い世の中だ。いわんやストーカーをするヤンデレ……メンヘラ？　ともかく、そんな地雷女を受け入れてくれる男なんて創作の中だけだろう。

「本命ルートに入りたいなら、まず都合のいい女の立場を経由しなきゃ無理でしょ。それで既成事実を重ねて、店員さんが絆《ほだ》されてくれればワンチャンぐらいだって」

「うぅっ……酷《ひど》いよメグぅ」

「ストーカーするアンタの方が全方位で酷いかんな？　てか、そんなこと言うならアレだぞ？　店員さんの都合のいい女になれても喜ぶなよ？」

「ゴメンそれは無理かも」

「アンタ本当さぁ……」

そこで即答できる辺りマジで大概だと思うよ。根っこの部分から粘着質な激重感情持ちじゃん。

てか、わりと暴言寄りの台詞《せりふ》を吐いている自覚はあるけど、なんだかんだで善意の助言であることは理解してほしい。一応、私なりに考えた『本命に戻れるかもルート』なんだから。

いやもう、これでもちゃんと心配してんだよマジで。どうにか店員さんと上手《うま》いことい
ってくれないかなと、結構真剣に考えてんだもの。
だって下手《へた》な男に任せらんないもん。既成事実云々《うんぬん》だってかなり断腸というか、店員さ
んの脳が下半身と直結してないと判明しているから勧めているのであって……。
私の知る限りの印象と、蘭のアウト具合を受け入れられるぐらいのアクの強さを持って
いるであろうことを考えれば、店員さんは間違いなく蘭との相性が良い。
それでいて蘭のエピソードを聞く限りでは、一般的な善性ぐらいは保持しているっぽい
のだから、一人の友人としては逃したくないところだ。
「ともかく！　恥も外聞も放り投げて、なんとか店員さんの好感度を稼ぎなさいって話だ
よ。恋人云々は高望みだから、ひとまず諦めな。地道にコツコツ進めなきゃ、ふとした拍
子にバッドエンドになりかねないんだ。分をわきまえていかないと」
「そんなぁ……」
いやそんな残念そうな声出されても。初っ端から犯罪ルートに突っ込んだ自分を殴り
な？　てか、アンタさっきそれでも良いや的な空気出してたでしょうが。
「──本当にそれしかない？　私はワンチャンある気がするけど」
そんな風に私が呆《あき》れていると、意外なことに冬華が蘭に向けて助け舟を出してきた。
「……冬華？　それマジで言ってる？　どう考えても捨て身で情けに縋《すが》るルートしか残っ

てなくない？」

「マジマジ。大マジ。私の予想が正しければ、可能性はある」

「アンタには何が見えてんのよ……」

「ちゃんと説明する。まあ、とりあえず一旦座ろう。そろそろ立ち話はお終《しま》いということで」

相変わらずマイペースな……。しかし、腰を落ち着けようという提案自体は悪くない。実際、私も予想外の連続のせいでちょっと疲れている。

というわけで、全員で定位置に着席。もちろん、蘭は変わらず正座＋重しのスタイルである。

「……それでまず確認だけど、店員さんは今日マリンスノーにいる？」

「うん。遥斗君のシフトは把握してるし。今日は九時までだったはず」

「そう。だったらこのあと、マリンスノーに向かおう。時間的にもちょうど良いし。上手い具合に店員さんの退勤に合わせられる」

冬華のその言葉に釣られて、自分の腕時計に視線を落とす。現在時刻は夜の八時ちょっと前。話し合いでなんだかんだ、結構な時間が流れていたようだ。

今から店に向かって軽く飲み物を頼めば、ちょうど退勤時に合わせられるといった感じか。……まあ、それはそれとしてだ。

「何でアンタは店員さんのシフトを把握してんのさ……」

「だってそうじゃなきゃ都合が悪いじゃん」

「都合が悪いってアンタね……。もう完全にストーカーの理論じゃん……ストーカーだったわ」

平然とふざけたことをのたまう蘭の姿に、思わず頭を抱えてしまう。

いや、言いたいことは理解できるのだ。対象のスケジュールを把握してなきゃ、ストーキング行為に支障があるということだろう。

特に蘭は不法侵入までしていた筋金入りだ。今でこそ在宅時に堂々と突撃していっているようだが、それ以前は鉢合わせないように細心の注意を払っていたはず。それには対象の詳細なスケジュールを把握することが不可欠だ。

だからこそ調べたのだろうし、そのついでに自分の欲望を満たしていたと考えれば……まあ、うん。なんとも嫌な一石二鳥だけど、ロジカルではあると思う。

「ま、いるんならそれで良いか。そっちの方が、冬華的にも都合が良いんでしょ？」

「うむ。店員さん、蘭がストーカーしてることに気付いてない説を検証したい」

「はい？」

冬華が挙げた可能性。それは店員さんの中で、ストーカーと蘭がイコールで結ばれてないのではというものだった。

思わず聞き返したくなるようなトンデモな説。だが冬華は極めて真剣な表情を浮かべているので、ふざけているわけではないっぽい。

「本当にそんなことあるのかしら……？」

「可能性はなくはない。話を聞く限りだと、ストーカーである蘭の存在が店員さんにバレたのはちょっと前。で、その時期にも私たちはマリンスノーに通ってる。当然、店員さんに接客もしてもらってる」

「あー……。思い返せば、確かに普段通りだった気がするわ。毎回毎回いつもと同じ。メンバーから犯罪被害にあっているとは、微塵《みじん》も感じさせないぐらいには普通だったかも」

ストーカーが所属するグループが来店すれば、被害者なら何かしらのリアクションを起こしても不思議じゃない。

苦情を伝える。嫌悪感を滲《にじ》ませる。警戒する。簡単に想像できるリアクションとしてはこれぐらい。これ以外でも、最低限なんらかの素振りを見せるのが普通だろう。

しかし、店員さんは違った。完全に普段通りだった。蘭のこれまでの話を聞いて、それはおかしいと冬華は感じたのだ。

「特に蘭の場合、普段の格好にかなり差があるタイプ。接点の少ない店員さんが、その辺りを判別できなくてもおかしくない」

「分からなくもないかなぁ。蘭ちゃんってその日の予定次第で、ビックリするぐらい雰囲気変わるものね」

　バンド関係の時は、しっかり気持ちを切り替えるためにパンク系。逆にそれ以外の時は、かなり落ち着いた感じのコーデを多用している。

　マリンスノーに寄る時はバンド関係の時が多いし、店員さんの中の蘭がその時の姿で固定されている可能性は確かにある。

「でもさ、ワンチャン店員さんが、完全に公私を分けるタイプの可能性もあるじゃん？　気付いてるけど、トラブルを避けて気付いてないように振る舞ってるだけとか」

「もちろん、その可能性もある。それでも本人を前にすれば、表情を動かすぐらいはするはず。だからまず、蘭をナンパから助けたってエピソードで鎌を掛ける」

「いや、遥斗君に鎌を掛けてどうするのって話なんだけど……」

「気付いていたら、最初の方針通り進めればいい。でももし気付いていなかったら、その前にやるべきことがあるってだけ」

「やるべきこと？」

「自己紹介」

　簡潔に、それでいて真っ直《ます》ぐ《ま》蘭の目を見て、冬華は語っていく。

「店員さんが気付いていなかった場合、蘭が警戒されている一番の理由は、恐らくだけど素性が不明な部分。誰だって正体不明の人間は怖い。だから無視して触れようとしないんだと思う」

――コレだ。これが中田冬華という女の怖いところだ。後ろから全体を把握するドラムだからか、冬華はこの手の俯瞰《ふかん》がとても上手い。

今日蘭が追い上げてくるまでは、アバンドギャルドの『ヤバい奴《やつ》』枠だった女。的確に状況を把握して、ローテンションのまま相手を言葉で刺していく。

「大方、蘭は自分が店員さんを知っているから、店員さんも自分のことを知っていると考えてる。でもそれは間違い。そうやって自分を中心に考えるから、ストーカーなんて馬鹿なことをする」

「うぐっ」

「信頼を得るには、最低限の前提というものがある。名前すら知らない相手を信頼しろなんて、土台無理な話。その前提を疎《おろそ》かにするのは、ただ相手に甘えて、いや迷惑を掛けているだけ。人間関係の基本である、相互理解からは程遠い」

「うぐぐっ……」

容赦のないダメ出しが蘭を襲う。うん、コレはキツイわ。こうやって淡々と正論で刺された場合、逆ギレするぐらいしか反撃の手段がないから、自覚がある場合はサンドバッグになるしかない。

「だからまずは自己紹介。『私は〇〇です、よろしくお願いします』と頭を下げて、初めて正しい人間関係のスタート」

「うーん正論。コレは蘭の負け。というか、どっちにしろ店員さんには自己紹介した方が良くないコレ？」

「それはそう」

自己紹介。なるほど確かに盲点であった。ストーカーなんてやってる奴が、まずこなしていないであろうタスク。素性の有無が信頼に直結するのはその通りであるし、進んで開示することは誠意の証明にもなる。

なにより蘭、ひいては私たち側にデメリットがないのが素晴らしい。警察に通報されれば、一週間も経たずにストレートで逮捕されかねない現状では、素性を隠す意味はない。

ならば自ら進んで開示して、信頼を稼ぐ土台にした方が効率的だ。

「んー、それは分かったのだけど……。冬華ちゃん、そこからどうして蘭ちゃんにチャンスがあるって思ったの？　状況はそこまで変わってないように感じるのだけど」

「そうでもない。相手はストーカーすら受け入れる変人。それは度量が広いか、採点基準が独特な可能性が高い。となれば、『ストーカー』がデメリットにカウントされてない、なんて場合も考えられる」

「それは、確かに……」

私の予想でしかないが、店員さんは蘭の家事を目当てに、ストーキング行為を筆頭とした諸々《もろもろ》を黙認している。

つまるところ、『ストーカー』と『ロボット掃除機』を天秤《てんびん》に載せたら、後者が勝つぐらいにはストーカーであることは大した問題ではないのかも。

「なら正直に謝罪すれば、まだまだ挽回《ばんかい》は利くかもしれない。今後も家事をやることを誓えば、ストーカーから公認の家政婦までランクアップもワンチャン」

「な、なるほど……！」

お、おう……。常識的にどうなんだそれ、という部分に目を瞑《つぶ》れば、確かに説得力がある。

これなら外聞のよろしくないセフレルートを経由しなくても、恋人ルートに至ることができる気がする。

うーむ。これは完全に私の落ち度だな。店員さん視点での蘭の評価の部分で分析を止めてしまったせいで、危うく友人を難しい道に追いやってしまうところだった。

「良かったわね蘭ちゃん！　まだチャンスはあるって！」

「……」

オイ何でそこで無言になる。

「蘭ちゃん？」

「っ、あ。ゴメンゴメン！　ちょっと考えごとしてた」

「考えごと？」

このタイミングで？　ストレートな恋人ルートが開拓できるかもしれないのに、当事者であるはずのストーカーが？

「……アンタまさか、都合のいい女ルートに変な未練を抱いてるわけじゃないでしょうね？」

「……てへぺろ」

「冬華、夏帆。追加できそうな重し探して」

「「了解」」

「そんなぁぁぁ!?」

第四章　シルキーさんとご対面

Chapter 4

「……んあ？　あー……何時？」

——目が覚めて、時計を確認。昼すぎです。

「んー、遅刻ぅ……」

完全に寝過ごしましたねコレは。今日は一限から講義が入ってるので、挽回の余地がないタイプのアウトです。

「……サボるかぁ」

思考は一瞬。そして決断。午後の講義もあるにはあるが、所詮は一コマのみ。わざわざそのためだけに大学に向かうのも億劫《おっくう》なので、スパッと切り捨てることに。

もうすでに講義をサボっているのだから、今更一つ増えたところでというやつだ。大学は自己責任の世界なので、自主的に休日を決定できるのが素晴らしい。

「やっぱり大学なんだよなぁ」

これが高校とかだとこうはいかない。サボりがバレたら、生徒指導一直線だ。それに比べて、大学の自由度たるや。……ま、過度なサボりは落単という形で返ってくるのだけど。

ただ幸いなことに、俺は真面目寄りの学生である。何かしらの理由がなければ、講義をサボったりすることは基本ないので、出席日数的には余裕がある。

抜き打ちでテストなどが実施されない限り、単位を落とす心配はあるまい。万が一テストの類いが実施されても、体調不良と言っておけば救済措置はもらえるだろう。

「ま、ともかく。飯だ飯」

寝起きとはいえ、時間的には昼飯時。ついでに言えば、睡眠時間もそこそこ長い。

つまり腹が減った。なので冷蔵庫にごー。……袋麺の台湾まぜそばがあった。

「丼は……」

フライパンに水張って加熱。その間に付属のタレを袋ごと丼にイン。そんで魔法瓶でまだギリ熱めなお湯をじょぼぼ。

そしてフライパンのお湯が沸騰するまでに、アレンジ用のスライスチーズ、コチュジャン、ブラペ、卵、やっすい穀物酢、チューブにんにく、追い飯用の冷凍白米を用意。

あとは麺を茹《ゆ》でつつ、緩くなったタレに材料を適宜ぶち込んでしばらく待ちーの。

「アチチッ……」

茹で上がった麺をザルに移して、そんで丼にドボン。最後にチーズを溶かすために四十秒ほどレンチンして、そこに卵を落とせば、はい完成。

「……あ〜」

一口啜《すす》り、そのあとコップになみなみ注いだお茶をゴッキュゴッキュ。……もうコレで幸せ。寝起きの胃にガツンと台湾まぜそばの旨味が染み渡るんじゃぁ。

「にしてもこのまぜそば、コチュジャンとブラペ足さないとパンチが弱いの、なんとかならんのかねぇ……」

監修店のヘビーユーザーとしての感想ではあるのだが。メーカーにはもうちょい頑張ってほしかった。

いや、出してくれるだけでありがたいし、普通にありのままでも美味《うま》い方ではあるんだが。やっぱり店の味を知ってると、どうにも物足りないんだよなぁ。

近いと言えば近いのだけど……絶妙にうっすいというか、ペラい？　味の濃度とかではなく、こうインパクト的な意味で。

雑にコチュジャンとブラペを足すだけで、グッと味が店のそれに近づくのに、メーカーは何故《なぜ》これでゴーサインを出したんだ。あと一歩なんだぞ本当に。

そこを改善してくれれば、味を好みに整える手間が減って助かるのに。手順通りに作って、そこにチーズと卵をぶち込むだけの簡単なお仕事になるのに。

何度も言うが、商品化についてはありがたいことこの上ないんだ。クオリティで劣るとはいえ、店で注文するよりも遥《はる》かに低コストかつ、簡単な調整で近い味になるのだ。

本来の調理の手間を考えれば、家で店の味に『近い』ものを楽に食べられるのは素晴らしいことだ。

――だからこそ、あと一歩足らないのが余計に目立つ。痒《かゆ》いところに手が届かないが如《ごと》き口惜しさ！

「んぐっ……そろそろ酢」

いっそのことメーカーの方に改善案を送ってやろうかしらと考えつつ、穀物酢を適当にぶち込んで味変。

んー、このマイルドになった感じがまた堪《たま》らないんだよなぁ。酢を入れるだけでも大分変化があるから、台湾まぜそばは食べてて飽きない。

「やっぱり店みたいに、昆布酢とか常備するべきだろうか……」

いやでも、袋麺の味変のために作るのも手間だし、買うとなればもったいない。だって絶対に持て余す。味変の消費量などタカが知れてる。

まあ別に他の料理で消費すれば良いのだけど。なんだかんだ現状でも満足しているし。

昆布の風味があった方が絶対に美味いのは間違いないが、なくてもまあそれはそれだし。

まあしいて言えば、味変してしばらくすると、元のパンチの利いた味が恋しくなるのが……いやコレは昆布酢云々《うんぬん》は関係ないな。

「追い飯いくかぁ……」

消費者として曇りなき眼《め》で丼の中を見定めていたら、思いのほか箸が進んで麺が消えた。

というわけで追い飯フェーズ。箸をシンクに投げ捨てスプーンを装備。そんでレンチンした冷凍ご飯を残ったタレにイン。

「あ〜……」

タレと白米のマリアージュ……。やっぱり追い飯まで貪っての台湾まぜそばよなぁ。

もっちゃもっちゃと嚙《か》み締《し》めつつ、無心で白米をかき込んでいく。……タレの味が濃いからか、気付いた時には体感で麵以上の白米を投入していたのはご愛嬌《あいきょう》だ。追い飯とは。

「んー、満足。ただそれはそれとして、口の中が濃ゆい」

起き抜けの昼飯にしてはヘビィな品を食べたせいか、どうにも後味がスッキリしない。

純粋に味付けが濃いめだからというのもあるが、一番の原因はトッピングにぶち込んだチューブにんにくだろう。

アクセント程度にしか投入してないとはいえ、やはりにんにくはにんにく。ただでさえチーズと追いコチュジャンで濃厚になったタレだ。そこににんにくの風味が加わったら、味の厚みが倍々でドンである。

「口直しになるの、なんかあったかしら……？」

お茶でリセットするには、少しばかり主張が強い。できれば何か……手軽に摘《つま》める甘いものとかで上書きしたい。

人体とは不思議なもので、塩っ辛いものを食べると、次に甘いものが食べたくなる。あまじょっぱいの無限ループはバミューダトライアングルの如しである。

「あ、そういや確か……」

そこでふと思い出した。昨日のバイト終わり、常連のガールズバンドの人らから、ケーキ屋の焼き菓子詰め合わせを貰《もら》ったっけ。

曰《いわ》く、タチの悪いナンパから、メンバーの一人を庇《かば》ったお礼とのこと。言われて思い出したが、確かに結構前にそんなことをした記憶があった。

なんで今更とは思ったが、会話の途中でそのエピソードが話題に挙がって、改めてちゃんとお礼をしようという流れになったそうで。随分と律儀なことである。

「んー……」

しばらく悩んだ末、マカロンの出来損ないみたいなやつをチョイス。

付属のお品書きっぽいの曰く、マカロンクッキーというらしい。簡単に言えば、マカロンの生地を焼いたお菓子とのこと。

マカロンはそんなに食べたことはないが、あのぬちゃっとした部分が美味いのは知っている。それがない生地だけのお菓子とは、はたして美味いのだろうか？

「……」

いざ実食。その味を確かめんと、包装を破こうとした瞬間——玄関の方からガチャリと物音。

「ただいまー。……って、遥斗君《はると》!? 何でいるの!?」

「……」

もはや見慣れたストーカーが、我がモノ顔で部屋へと上がり込んできた。

それはそうと、家主が家にいて何が悪いんだよ。いや大学はサボってるけども。あと『ただいま』はヤメロ。

まあ、それはともかくだ。いつものように、無視モードに移行。下手《へた》に反応しないよう、お口にチャックを心掛ける。

「ビックリしたぁ。今日ってこの時間大学じゃなかったっけ……?」

「……」

もっしゃもっしゃとマカロンクッキーを頬張りつつ、遠慮の『え』の字もないストーカーにそれとなく意識を向ける。

現在は無視モード。故にストーカーの姿を目で追うことはしない。足音と気配、ついでにやかましい声を辿《たど》って、ストーカーの行動を把握するのだ。

字面だけなら漫画のそれ。ただやってることは、誰もが実家暮らし中に経験しているであろう程度のこと。なので大層な技術ではなく、ほぼ毎日やっているからか慣れたものである。

「……」

なので最低限の意識を向けつつ、考えるのは別のこと。具体的に言うと、今さっき食べた昼飯について。

アレンジ程度とはいえ、にんにくを食べたばかりなのだ。狭い室内であるのだから、匂いが少し気になるところ。……第三者がいれば、ストーカー相手に何を気にしてんだってツッコまれそうだが。

だが仕方あるまい。これはシンプルに人としてのエチケットの話である。マナーの対象となる相手ではないのは百も承知だが、これまで培ってきた常識が勝手に反応するというか。

いや本当、何故に我が家で寛《くつろ》いでいる側が、不法侵入してきた相手に気を遣わなきゃならんのだって思うのだが……。

「うー……まさかいるなんてなぁ。まだ心の準備が……」

そしてコイツはコイツで、微妙に居心地悪そうにしているのは何なんだ。不法侵入してる側の態度じゃねぇだろソレ。

というか、今更何を不都合があるというのだ。人が在宅中に何度も不法侵入しているだろうに。俺が部屋で寛いでいようと、文句を言われる筋合いなどないのだが。……もっと根本的な部分で筋違いが起こってるんですけどね？

「体調、は大丈夫そうだし。もしかしてサボった？　もう何で今日に限ってぇ……」

「……」

何故に不法侵入してる相手から、大学サボったことを咎《とが》められなきゃならんのだろうか？　……本人に咎めている気はなさそうとはいえ。

俺としても、なんだかんだで後ろめたい部分があるわけで。形はどうあれ、サボったことを指摘されるのは、その、居心地が悪い。

まあ、それはそれとして。このストーカー、俺が部屋にいなかったら、何かしらやらかすつもりだったのかね？

「ううぅ……。仕方ないかぁ」

ストーカーの方から、何やら大きな溜《た》め息。表情は見てないから不明だが、声色から不本意感が溢《あふ》れているというか、それでいて無駄に覚悟のこもった雰囲気がですね……。

というか、これアレでは？　呟《つぶや》きからして、俺がいない内に実行しようとしていた何かしらを、この場でやろうとしてません？　開き直って、家主の真ん前でやらかそうとしてません？

「……」

ヤメレと思うが、ここで声を上げるわけにもいかない。なんという八方塞がりか。

跳ね上がる警戒心に従い、ストーカーから発せられる全情報を獲得せんと神経を研ぎ澄ま――そうとしたところで、俺の目の前にストーカーがやって来た。正座で。

「……えっと、失礼します」

「……？」

脳内が疑問符で埋まった。急に畏《かしこ》まってどうしたんだろうか。

というか、堂々と目の前に鎮座されても困るのだが。なんだかんだで、無視という行為はカロリーを使う。互いに向き合った状態となればなおのことで、こちらも下手なことはできない。

目で追ってしまえば、その時点で意識していることはバレてしまう。だからこそ、下手に目で追わないように細心の注意を払わなければならないわけで。

かといって、この状況で適当に理由を付けて移動するのも、それはそれで悪手というやつだ。どんなに自然さを演出しようとも、ここで動けばその時点で不自然なのだから。

意識していると言外に主張しているようなものだ。それを取っ掛かりとしてちょっかいを出されたら、こちらも対応を変えざるをえないかもしれない。

「ふぅぅ……」

ストーカーから大きな溜め息。いや、溜め息というより深呼吸か。

どちらにせよ、何かしらの覚悟を決めているのは明らかである。いや本当に勘弁してくれ。目に入っているのに、目に入っていないふりというのは、想像以上に疲れるんだぞ。

そんな俺の内心など伝わるはずもなく。ストーカーは、それはそれは綺麗《きれい》な三つ指を決めて土下座した。

「――今更ではありますが、この場を借りて自己紹介と謝罪をさせていただきます！　千《ち》秋蘭《あきらん》です！」

「っ……⁉」

待って？　名乗った？　マジで名乗った⁉　何で⁉　何で今ここで名乗った⁉

「趣味は音楽活動です！　あと遥斗君のお部屋の家事も大好きです！　夢は脱ロボット掃除機です！」

ヤメロヤメロヤメロ！　ただでさえ状況把握でてんやわんやなのに、唐突にゴミのような情報を流すんじゃない！　なんだ脱ロボット掃除機って⁉　……待って本当に何？

「そして不法侵入他、色々やってゴメンなさい！　その上でご相談ではあるのですが、今後も家事をやりに来てもよろしいでしょうか⁉　なんだったらお金を払うので、どうかよろしくお願いします‼」

人の家をホストクラブか何かだと勘違いしてらっしゃる？　ちょっとそろそろ本当に情報の暴力がすぎましてよ？

「……はぁぁぁ。もう一旦顔上げてくれ。頼むから」

「っ、遥斗君が初めて返事くれた……⁉」

「コレをどう無視しろと……」

限度ってもんがあるわ流石《さすが》に。……まあ、一時期は名乗れば相手することも考えてたし、そもそも少し前のトイレ事件の際にも、向き合う決意はしてたわけで。

これもまた、然《しか》るべき時が来たということなのだろう。……ただそれはそれとして、この暴走特急をコレから相手しなきゃならない事実に震えているのだが。

いやマジでさ。唐突に始まったストーカーの一人舞台とか、冗談抜きで戸惑うのよ。

土下座からの自己紹介、そしてこれまでの不法行為に対する謝罪。あとついでに、同様の行為を継続するための正式な許可の申請。この辺はまあ良しとするにしても、そもそも『何故《なぜ》このタイミングで？』という疑問が湧いてくるわけで。

ビーズクッションに身体《からだ》を埋《うず》めながら、自然と視線が上へと向かう。いやはや、マジで何だってんだ。状況がジェットコースターすぎて頭が痛い。

「えっと……千秋さん、でいいのかな？」

「蘭って呼んでください！　さんもいらないです！」

「千秋さんね」

「ノータイムで拒否された!?」

当たり前だろうに。世の中には距離感ってものがあってだな。

少なくとも、進んで名前呼びするほどの関係性ではないだろ。もはや顔馴染《かおなじ》みと言っても良いぐらいの頻度で遭遇しているとはいえ、正式なファーストコンタクト自体は今じゃねぇか。

あとシンプルに、俺が名前呼びしたら、第三者目線じゃただの仲良しになってしまう。ただでさえ馴れ馴れしく君付けで呼ばれてるのだから、最低限な距離感の主張というものをしておきたい。

「で、千秋さん。散々無視してきた俺が訊《たず》ねるのもアレだけど、何故今頃になって自己紹介やら、謝罪やらをしようと思ったの？」

「いやその、私が色々やらかしていることが、バンドメンバーにバレてしまいまして……」

「もうなんか今更だし、敬語とかいらんよ？　普段通りで」

「あ、そう？　えーと、で、状況を説明しているうちに、とりあえず自己紹介と謝罪をしようって流れになった、的な？」

「あ、ふーん……ふーん？」

駄目だ。一瞬分かったような気がしたけど、よく考えたら全然分かんねぇや。謝罪はともかく、何をどうしたら自己紹介が追加されることになるのやら。

とはいえ、その辺りを追及したところで話が進まないのも事実。そもそも俺と千秋さんの関係性も特殊なのだ。それに比べれば、流れが謎の会話ぐらいなんてことないだろう。

「んー、まあ良いや」

「良いんだ」

それよりも、だ。この一連の会話の中で、もっと気にするべきところがある。現状に繫《つな》がる背景よりも、よっぽど確認しなければならない部分が。

「あのさ、違かったら違うって言ってほしいんだけどさ……」

「何？」

「バンド、やってるの？」

「うん」

「で、名前が蘭？」

「うん」

「……もしかして、うちのバ先の常連さん？」

「うん……待って遥斗君。まだ確信持ててなかったの⁉　名前と趣味で流石に気付いてると思ってたんだけど⁉」

「いや、無理でしょ……」

だってこの人、雰囲気全然違うんだもん……。客の時は原宿とかにいそうなパンク系で、ストーカーの時はカフェのテラス席で本読んでそうな森ガール系じゃん。それで気付けって難易度高いわ。

てか、常連さんの一人がストーカーの正体ってマ？　しかもあのグループの中で、一番ストーカーと縁がなさそうな、陽の化身みたいな人でしょ？　湿度とは対極のカラッとした印象だったんだが……。

「あー、でもそっかぁ。言われると確かにアレだ。言動というか、テンションは近いか？　やってることは陰湿寄りでも、そこはかとなく能天気というか、頭の中がスッカラカンな雰囲気ではあったし」

「なんか凄《すご》い辛辣なこと言われてる⁉　私ってそんな風に思われてたの⁉」

「ストーカーへの評価としては、これでもかなりマシな部類だと思うんだが……」

感覚が麻痺《まひ》しているようだが、わりとフラット寄りの評価に落ち着いている現状は、控えめに言って異常であろう。

普通なら、即通報からの逮捕ルートだ。その間にマトモな会話が成立するかも怪しいし、悪感情をぶつけられないなど奇跡に近い。

「むしろ何でマトモな評価を貰《もら》えると思った？」

「だって遥斗君、私が不法侵入してもスルーしてたし。黙認しているってことは、少なくとも不快に思われてたりはしてないかなって……」

「いや、バリバリ困ってたが？　クソ面倒な家事を代わりに消化してくれてたから、ギリギリ実益の方が勝ってただけで」

「私が言うのもアレだけど、その考えマジでヤバいと思う」

「音速でブーメラン投げるじゃん」

不法侵入してるストーカーに言われたくはないというか、シンプルに言われる筋合いがない。どう考えても法を破ってるそっちのがヤバいだろうに。

「ていうか、本当に家事してるから見逃されてただけなんだ……。メグたちの予想通りでビックリした」

「俺は行動原理が予想されてたことに驚いたんですがそれは」

その人たち、名探偵か何かですか？　すげぇ解像度で分析されてるじゃん俺。この件については、かなり異端な対応なはずなのに。何故分かるんだ……。

「ちなみにこの際だから補足しておくと、不細工だったら気付いた瞬間に即通報してたぞ。なんか美人そうだったから、とりあえず様子見してただけで」

「美人⁉　私のこと美人って言った今⁉」

「そういう反応を期待してたんじゃないいんだけどなー」

いやあの、『容姿で態度を変えるなんて……！』みたいなコメントを引き出そうとしたのであってね？　好感度の下方修正を狙ってたんだわ。テンション上げろなんて微塵《みじん》も思ってねぇんだわ。

「わりと最低なこと言ってるつもりなんだけど、幻滅とかしないの？」

「いや全然。確かに今の、というか今日の会話で大分イメージは変わったよ。遥斗君、バイトの時は凄い爽やか好青年なのに、プライベートだと面白ダウナー系なんだね。ずっと無視されてたから知らなかった」

「そんな朗らかに言うことある？」

普通、無視されてたとか笑顔で伝える内容じゃないだろ。何故にそんな嬉《うれ》しそうなの？

……あと面白ダウナー系ってどういう評価だ。

「まあ、外面を取り繕ってるのは否定しないけど。思ってた性格と違うって叫んで、嫌いになってくれてもいいのよ？」

「まさか。遥斗君、私に対して文句の一つも言わないぐらいには優しいもん。普段通りって言われてるとはいえ、私だってやらかした側の態度じゃない言動してる自覚はあるんだよ？　それでも普通に会話してくれてるんだから、嫌いになる要素なんてなくない？」

「……機嫌悪く振る舞うのだってカロリー使うし。怒ると疲れるんだよ。だから一線を越えるまでは、省エネで対応してるってだけだ」

「どう考えても一線は越えてるよね私」

「自分で言うな」

そして自覚があるなら踏《ふ》み留《とど》まってくれ。初手で道を踏み外さずに、常識的な交流から始めてくれれば、こんな面倒な関係性にならずに済んだんだから。

あと個人的な基準としては、差し引き計算でギリギリライン手前って感じ。マジで家事がなければとっくに警察案件になってた。

「ま、ともかく。遥斗君はどうか知らないけど、私の方はその程度で嫌いになるなんてことはありえないんだよ。私の好きは無限大！」

「……」

「あ、もしかして照れてる？」

「いや違う。人生で初めて異性から好意を伝えられたのに、それが何でこんなトンチキな状況なのかと黄昏《たそがれ》てる」

「……ふーん？　遥斗君、こういうのは私が初めてなんだ？」

「頼むからトンチキな部分を恥じてくれないか……」

違うそこじゃない。そこじゃないんだ。さっきからちょくちょく感じてたんだけど、リアクションのピントが絶妙にズレてるんだわ。

なお原因は、間違いなく度を越したポジティブシンキング。随分と都合の良い耳をしているなと思う。

「というかね、遥斗君は私のことを見くびってるんだよ！　私は遥斗君の性格で好き嫌いを判断しているわけじゃないからね!?　もっと人間には見るべき点があるんだよ！」

「それつまり外見しか見てないってことにならない？」

「違うよ！　外見で判断なんかするわけないじゃんか！　そんな安い女じゃないから！」

「じゃあ何で人を判断してるんです……？」

何もねぇじゃねぇかソレ。外と中が判断基準から外れたら、残ってるのは虚無だけだろうが。好悪とかそれ以前の問題だろ。

「……」

「おいコラちょっとこっち向け。ここで目を逸《そ》らすな。せめて何か弁明しろ。ここでのダンマリは妙なリアリティが出てくるからヤメレ」

本当に何か言え。怖いから。無駄に存在を全肯定されてるようで寒気がする。ストーカーの暗黒面を唐突に披露するんじゃない……！

「えへへ」

「はにかむな。警察呼ぶぞ」

「何で⁉」

だって怖いし……。

「冗談！　冗談だから！　さっきの部分も合わせて冗談！　ちょっと恥ずかしくて誤魔化《ごまか》しただけ！」

……嘘《うそ》は言ってなさそうだな。焦り具合も真に迫っているものがある。となると、ひとまず安心して構わないか。

「はぁ。おっかない誤魔化しはヤメレ……。無駄に警戒レベル上げるとこだったぞ」

「あはは……。いやー、後半反射で喋《しゃべ》ってたから恥ずかしくて」

「だから羞恥心を抱くところはそこじゃない」

何度目か分からない溜《た》め息が漏れる。そもそも犯罪行為を恥じるべきと何度言ったら……。

「……」

まあ、ここまで来たら強くは言うまい。俺が犯罪行為を一度も咎《とが》めず、それどころかスルーしたせいで、俺に対する後ろめたさが完全に吹き飛んでいる疑惑もあるし。

このモンスターを育ててあげてしまったのは、恐らく俺。そう考えれば、愛着とまではいかずとも、責任感の一つぐらいは芽生えるというもの。

実際問題、まだ取り返しがつく範疇《はんちゅう》ではあると思うのだ。千秋さんがタチの悪いストーカーであることは間違いないが、未《いま》だに危害らしい危害を加える素振りはゼロで、マイナス的な意味での究極進化の兆しは皆無。

一瞬、コズミック的な恐怖を感じたものの、問い詰めてみれば単に脊髄で単語を生成していただけとのことで、うわ言や寝言の親戚でしかなかった。

となれば、腰が引けることはない。意味のない会話を交えつつ、のらりくらりと対応するだけである。

「はぁぁ……。で、よ。話を本筋に戻すけど、ちゃんと俺から許可を貰った上で、これまで通りの活動を続けたいんだっけ？」

「あ、うん。そうなんだよ！　私も不味《まず》いよなぁとは思いつつ、なぁなあでこれまでやってきたわけじゃん？　ただそれは駄目だって、バンドメンバーからも怒られちゃって」

「むしろ怒られで済んだのか」

「いや本当にそれ。正直、バレた時は縁を切られると覚悟したんだけど……。なんとか拳《げん》骨《こつ》とお説教、あと江戸時代の拷問で手を打ってくれてね」

「いや最後」

スルーするにはインパクトがありすぎるワードが混ざってたんだけど。何よ江戸時代の拷問って。やっぱり千秋さんのバンドメンバーもおかしくない？　類友じゃない？

「あの、この国って法治国家なんですよ？　私刑はもちろん、拷問なんて許されてなくてですね？」

「あっ、いや違うからね!?　拷問って言っても言葉の綾《あや》みたいなもので、全然血なまぐさいものじゃないから！　単に正座してその上に重しをいくつか載せられただけで！」

「あーね？　……いやそれやっぱり拷問」

「そうなんだけども!?　駄目だ誤解なのに誤解じゃないから弁明がムズい！」

他の常連さんたち、パッと見だとマトモそうだったんだけどなぁ。思ってたよりファンキーなようで。

まあ、目の前に前例、陽キャっぽいくせして、内面ドロッドドロな気配が濃厚なストーカーがいるので、そこまで驚きはない。人は見かけによらないというやつだ。

「ともかく！　そんなわけで、なんとか許可を貰ってこいって話になったの！　やっぱりバンドとしては、通報一発でメンバーが逮捕されるかもって状況は、かなり気が気じゃないわけでね？」

「やめるという選択肢は？」

「やめたところで、過去に犯した罪は消えないよ？」

「ストーカーしてる側の台詞《せりふ》じゃないんだよなぁ」

間違ってはないんだけど、盛大に間違ってるんだよ。罪を犯した側が吐いていい台詞ではないだろそれ。どんなメンタルしてるんだマジで。

とはいえ、言いたいことはまあ分かる。すでに法的には言い訳の余地がないぐらいにやらかしていて、常連さんたち側からすれば顔も割れてる状況。

言ってしまえば、いつ警察に逮捕されてもおかしくない。俺が通報してしまえば、その時点でゲームオーバー。不祥事のせいでバンドも解散、なんてことも余裕でありえるわけで。

だからストーカーをやめさせて、そのままトンズラという選択肢はない。最低限、謝罪して許されたという事実は必要になる。……何故《なぜ》か継続の提案まで一緒に添えられてきたが。これは千秋さんの独断という認識で構わないのだろうか？

「まあ、つまるところ示談交渉をしたいってことね」

「そんな感じ！　私の身体《からだ》は好きにしていいから、これまでのことは水に流してください、ってことです」

「ちょくちょく価値観が過去に飛ぶのどうにかならない？」

そんな身売りみたいなこと言われても、現代社会に生きる一般人としては反応に困るわけですよ。江戸時代の拷問なんかしてる、エクストリーム人類の常識にはついていけないというかね？

「まあ私の身体の件は冗談……うん冗談にしてもね」

「なんで二回言った？」

「ただ許してもらっただけじゃ、遥斗君側にメリットないでしょ？　だからお詫《わ》びも兼ねて労働で返そうかなと」

「そこは普通に示談金とかでよくない？」

「……いや、その、はい。私個人の願望が多分に入っているのは否定しないです。ただそれはそれとして、本気の示談となるとお互いに弁護士とか必要になってくると思うよ？

私も詳しくないからアレだけど」

「じゃあいいや。面倒《めんど》くせ」

「いいんだ!?」

だって弁護士とか依頼したら金掛かるし、絶対に面倒なことになるじゃんか。正式な示談交渉をするにしても、内容と過程が酷すぎて難航するのが目に見えてるし。

あとなにより、ガチの示談交渉とかしたら、絶対に家族に連絡がいく。そしたら連鎖的にこれまでのアレコレがバレて〆《しめ》られる。ひいては仕送り停止、または実家送還なのでマジで遠慮したいところ。

「大事にしたくないってのは、俺としても同意見だし。示談金とかはなしの方向で」

「……恩恵に全力であずかっている私が言えた立場じゃないけど、遥斗君のその考え方は本当に損するよ？」

「そんなお人好《ひとよ》しみたいなニュアンスで言われても……」

単に一定ラインを越えるまでは、省エネかつことなかれで対応したいってのと、個人的な事情が合わさっただけなのだが。

念のため言っておくと、俺は別に性善説を信仰しているわけではない。見過ごせないレベルの損害が出そうになったら、普通に反撃するぐらいには一般人である。

「そもそも示談と言われたところでだしなぁ。無視こそしたが黙認してる時点で、そこまで有害とも思ってないわけで。放置してた相手と、今更リーガルバトルするのもかったるいし？」

「やっぱり遥斗君ってメンタルおかしいと思う」

「千秋さん、ブーメランしか入ってない四次元ポケット持ってる？」

示談交渉なんて謳《うた》っておきながら、シレッと趣味と実益を兼ねた提案を出してくる奴《やつ》に言われたくはないんだよなぁ。

流石《さすが》に図太いがすぎるだろうに。こちらに咎める意図が皆無なのを察してのことだとは思うが。……相手を選ばずにデフォルトでコレなのならば、それはもう人から外れたナチュラルボーンモンスターだ。

「ま、別にいいんじゃない？　家事をやってくれるのは助かるし、好きにすれば？」

「本当に⁉　嘘じゃない⁉」

「古着を入れ替える以上のこと、金目の物を盗んだり、食品に体液入れたりとかしなければ、特に通報するつもりもなかったし。許可の一つや二つ、あげるぐらい全然構わんよ」

「やっ……待って？　あ、あの、遥斗君？　私が服とか回収してたの、もしかして知ってた？」

「下着を嬉々《きき》として回収してるのは知ってる。ストーカーがいると分かれば、早い段階で監視カメラぐらいは仕掛けるわ。それを抜きにしても、出した憶えのない新品が増えてれば、嫌でも気付く」

「うぐぅっ……⁉」

「ただ理由までは知らんよ。正確に言えば、考えないようにしてる」

「にゅあぁぁぁ!?」

千秋さん、まさかの絶叫。この反応、気付かれてないと思ってたんです？　流石にそれは舐《な》めすぎでは？

「……あの、恥ずかしいんで、今日はもう帰っていいですか？」

「いいけど、その前にそこの洗い物片付けてって」

「いや帰して!?　あと早速こき使ってくるじゃん!?」

「自分で提案したんでしょうが。契約は果たせよストーカー」

「そうなんだけどね!?　そうなんだけども!?」

——結局、示談の対価である以上拒否はできず、千秋さんは赤面しながら洗い物をして帰っていった。とても気分が良かった。

◇◇◇

「ふぁぁ……」

目が覚めた。時計を見る。時刻はなんと昼手前。あと何かいる。

「……そういや休みか今日」

一瞬、すわ二日連続で寝坊したかと焦ったが、スマホで大学のサイトを開いたところで、今日が創立記念日であったことを思い出す。

いやはや、危ない危ない。随分前に確認してから、そのままうっかり忘れてしまっていた。大学は自由度が高い反面、こういう部分では気が抜けない。

高校などと違って、この手のお知らせは自分で確認しなければならないので、情報収集をサボると大学に着いてから休みと知る、なんてことをやりかねないのだ。

特に創立記念日を筆頭とした学校固有の休日は、カレンダーだけでは把握しきれないので、わりとマジで見逃しがちだったり。

「あっ、やっと起きた。おはよ。遥斗君って寝るの好きだねぇ」

――まあ、それはさておいといて。人が寝てる内に家に上がり込んでいるストーカー、もとい千秋さんに対して、俺はどうリアクションを取るべきだろうか？

「……」

何故いる、とここは返すべきなのだろうが、なんかもう完全に今更ではあるので、そこに関してはツッコミはすまい。

というか、いること自体は別におかしいことではないのだ。流石に睡眠中に侵入をかましてきたことは今までなかったが、ずっと我が物顔で部屋に上がり込んではいたのだし。

ましてや、現在の千秋さんは不法侵入系ストーカーから、家主公認シルキーへとジョブチェンジを果たしているわけで。

文句を言う筋合いがない、というのが妥当な見解か。いやそもそも、こちらが寝ている間に家事をしてくれているのだから、文句など特にないのだが。

「おーい？　まだちょっと寝ぼけてるー？　挨拶ぐらい返してほしいんだけどー」

「……」

ただそれはそれとして、寝起きでこのテンションの人間を相手するのは面倒くさい。

元々人付き合いを積極的にするタイプではないので、必然的にコミュニケーションに対する消費カロリーが多くなっているのである。

ではここでクエスチョン。必要がなければ会話をしようとしない人種が、朝っぱらから微妙な関係の相手、それもぞんざいに扱っても問題ないカテゴリーに入っている人物に対して、どのように対応すると思う？

「顔洗ってくるから、冷蔵庫のお茶コップに注《つ》いどいて」

「扱いが完全に使用人だぁ……」

答えは事務的に指示だけ出して、会話についてはなるべく取り合わない、である。

というわけで、ベッドから出て洗面所にごー。水で顔、特に目元を擦《こす》って眠気を飛ばし、口を濯《すす》いで気分スッキリ。最後にシェーバーで髭《ひげ》を剃《そ》って、ザッと身嗜《みだしな》みを整えて終了。

「えっと、テーブルにお茶置いといたよ」

「ん。……っんぐ、あぁぁぁっ」

一気に飲み干し、ぷはぁと息を吐く。いやー、寝起きのお茶の美味《うま》いこと美味いこと。冷たい感覚が喉を伝い、空《す》きっ腹《ぱら》に水分が溜《た》まっていくのが分かる。最初の一杯は本当に格別である。

「……おじいちゃんみたい」

唐突に失礼だなコイツ。ピチピチの大学生を、言うにこと欠いてジジイ扱いか。……ピチピチって表現もしかして古いか？

いやそうじゃなくて。そこはせめてオッサン扱いで留《とど》めてくれ。老人は流石に過剰表現だし、そもそも同世代だろ多分。

「千秋さんって何歳？」

「いきなり⁉　じゅ、十九だけど……」

「あそ」

「リアクション薄いな⁉　自分から訊《き》いといてそれで終わりなの⁉」

だってちょっと気になっただけだし。話題を膨らませるほどの興味はない。

にしても十九かぁ。俺の二つ下だ。二十歳前でこれだけ拗《こじ》らせてるとなると、将来は苦労しそうだなと思う。

「……」

「……？」

「……」

「……あの？」

「……」

「ちょっと⁉」

何よ。朝の日課、ソシャゲのログボ回収で地味に忙しいんだけど。

「いや、そんな面倒くさそうな目で見ないでよ……。無言ですごすんじゃなくて、会話しようよ」

「……人が無視やめた途端に主張するようになったな」

「無視されてても頑張ってコミュニケーション取ろうとしてたんだけど？」

「そういやそうだった」

確かに千秋さん、延々と独り言を続ける不審者だったな。今更と言われれば今更だわ。

つまり、千秋さんのやかましさが上昇したのは、俺が受け答えするようになったから。

やっぱりいないもの扱いがベストアンサーだったのでは？

「会話したくない」

「何で⁉　私なんか嫌われるようなことした⁉」

「一般常識に則《のっと》れば、ガッツリしてる方なんだよなぁ」

「そうなんだけどさぁ……」

ストーカー行為からの不法侵入は、通常弁明の余地なくアウトよ。今の待遇が完璧なイレギュラーってだけで。

「でも遥斗君、こうして全部許してくれたじゃん……！」

「だってシンプルにコミュニケーション取るのダルいんだもん」

「……もしかして私のこと揶揄《からか》った？」

「いや純粋な本音」

「うわ澄んだ目だぁ……」

そんなドン引きしたようなリアクションされましても。世の中には相手の好感度にかかわらず、コミュニケーションを億劫《おっくう》に感じる人種というのも存在するのですよ。

必要ならば普通にやるけど、不要なら遠慮したい。俺の中のコミュニケーションというのはそういう位置づけ。

「遥斗君、その考え方は将来苦労すると思うよ……？」

「いや外でならちゃんとするわ。他人の目がない自宅だからこそ、リラックスしたいってだけ。あーゆーおーけー？」

「いや私が……ハッ⁉　つまり私は、取り繕う必要がある『他人』じゃないと⁉」

「客ならもてなす。友人なら一緒に遊ぶ。……で、千秋さんは俺の何？」

「……奥さん？」

「大分飛ばしたなオイ」

誇張するにしても、そこはせめて彼女にしとけよ。一足飛びで婚姻を結ぶな。

そして実際のところ、千秋さんの立場はギリギリ家政婦、みたいなものである。家政婦、つまりビジネスライクの関係。

「千秋さんは、これまでの不法行為の贖罪《しょくざい》&趣味と実益のために労働力を捧《ささ》げる。俺は諸々《もろもろ》を咎《とが》めない代わりに、家事の奉仕を受ける。そういう関係でしょう？」

では、そこに私的なコミュニケーションはいるか？　答えは否だ。いや、全否定はしないが、片方が骨を折ってまで付き合う必要はないだろう。

「指示とか要求とか、必要な会話は全然するけど。関係ないお喋《しゃべ》りはねー」

「ええ……。でもそれ、気まずくない？　少なくとも私は寂しいし嫌なんだけど」

「ずっと無視してた俺にそれ訊く？」

「そういえばそうだった……！」

なんだかんだ、結構な期間千秋さんを無視できた人種ぞ。いないものとして扱うのは大分しんどかったが、普通に沈黙を保つぐらいならわけないね。

「えー。なんでよぉ。せっかくお邪魔してるんだから、お話ししたりしようよー！」

「んー、俺が気になる話題なら食いついてもいいよ。その代わり、興味ない話題だったら返事しないって感じ？」

「殿様じゃん」

「嫌気が差したら離れていいのよ？」

「そんな遥斗君も素敵だと思う」

「なんて澄んだ目をしてやがる……」

ここまでぞんざいに扱ってなお、瞳に一切の曇りがないだと……!?　どんな思考回路してるんだこの人。

「……まあ、ともかく。一人で話すのは全然構わないんだけど」

「うん」

「近所迷惑になるから、テンションと声のトーンは落としてね。明るい時間はお隣さんもいないけど、それはそれとしてマナーよ」

「あ、はい。ゴメンなさい」

うむ。よろしい。

「さて、と」

千秋さんのトーンが落ち着いたのを確認し、一旦話を切り上げる。……近所迷惑と言われたら大人しくなる辺り、本当に変なところで常識的である。何でストーカーやっちゃったんだろこの人。

ま、それはそれとしてだ。目が覚めて、時刻も昼手前となれば、やるべきことがあるだろう。

「昼、どうすっかねぇ……」

飯である。それも朝昼を兼ねた、わりとガッツリしたものが食いたい感じ。

とはいえ、悩みどころだ。毎日の食事というのは、楽しみであると同時に手間でもある。具体的に言うと、メニュー決めがまあまあ大変。

「袋麵は昨日食ったしなぁ。二日連続はちとアレだし、かといって他のインスタントも……」

そこでチラリと視線を移動。キョトンとした表情を浮かべる千秋さんが目に入った。

一人飯なら気にはしないが、残念なことに現在この部屋にはもう一人いる。流石《さすが》にこの状況で選ぶメニューではない。

別にカッコをつけてるわけではない。何度も言うが、千秋さんとは微妙な関係性だ。女性的な魅力が高いのは認めるが、そういう対象になるのかと問われれば……まあ、うん。

なのでこれはアレだ。食事に関してはちゃんとする。ただそれだけのことである。俺の数少ない拘《こだわ》りである以上、曲げるようなことはしないというだけ。

千秋さんは客人ではない。雑に説明すれば家政婦モドキである。だからもてなす対象にはならない。だが労働者ではある。

ならば、賄い飯を食する権利はあるはずだ。最低限その選択を与えるべきではないかと、雇用主モドキの俺としては思うわけだ。

「一応訊くけど、千秋さんは昼食どうする？」

「それはランチデートのお誘いってこと……⁉」

「いや違うが」

「えー、何でよー。一緒にお外で食べようよー」

「金がもったいない」

一人暮らしの大学生が、そうそう外食なんてするわけないだろうに。節約に精を出すほどではないが、無駄な出費を抑えるのはもはや習慣と言える。……正確に言えば、習慣にしておかなければ痛い目を見る。

まあ、それを抜きにしても外食という選択肢はない。なにせバイトの立場ではあるが、マリンスノーではキッチンスタッフとして働くこともある身だ。

商品として提供できるレベルの腕前は備わっているつもりだし、バイト仲間から賄い飯の指名が入るぐらいにはレパートリーも豊富である。

「嫌いな物は？」

「っ、その口ぶりだと、まさか遥斗君が作ってくれるの⁉」

「そのつもりだけど」

「そんな急に優しく……。これがツンデレ？」

「二つの意味で心外なんだよなぁ」

デレはもちろん、ツンと言われるほど邪険に扱った記憶もないのだが。せいぜいが塩である。

そもそも料理を作ることでデレ扱いされても困る。バ先で普通に作ってるわ。俺が虚無顔で作った料理、常連の千秋さんなら絶対に食べたことあるぞ。

「だって遥斗君、家事は私に任せる気満々っぽいし……」

「まあそうなんだけど。料理となると話は別でしょ」

「そんなに料理好きなの？」

「いや単に自分の腕前が一番信用できるから」

「私も料理できるからね!?　趣味って言えるほど上手《うま》くはないけど、それでもちゃんとレシピ通りのものは作れるよ!?」

「うん座ってて」

「ちょっとぉ!?」

今の反応で大体分かった。やっぱり俺が作った方が良いなこりゃ。

「何で!?　今のどこに駄目な要素があったの!?」

「日常的に料理やってなさそうだから。レシピ通りに作ろうとしすぎて、逆に手際が悪そう」

「なんか凄《すご》いプロっぽいダメ出し飛んできた」

いやプロではないが。一応、店長に将来的な勧誘を受けたことはあるけど、所詮はバイトである。

だがそれはそれとして、日常的にやってる人種と、そうでない人種を見分けることぐらいはできる。

「レシピはあくまで目安だよ。レシピ通りに作るって言う人は、やり慣れてない場合が多いイメージ。慣れてる人は逆にその辺が雑になってくるし」

目分量とか適量とか言い出したり、冷蔵庫にある食材で勝手に代用し始める。自分の中で味の完成図ができていて、パズルみたいに手持ちのアレコレを当てはめていくのが、料理慣れしている人の特徴だと思っている。

もちろん、レシピに従わない＝料理慣れしているというわけではない。むしろガチで料理をする時は、恐ろしいぐらいレシピに正確になる。

ただ日々の料理にそこまでのリソースを注ぎ込まないというだけ。その配分がしっかりしていて、初めて慣れているという評価になる。

「というか、レシピを使うなら、まず手持ちの材料把握してなきゃ始まらないし。千秋さん、俺んところの冷蔵庫の中身、何があるか分かってる？」

「うぐっ……」

「あと他人の家のキッチンって、慣れてないとかなり手間取るからね。特に千秋さん実家勢でしょ？　ワンルームキッチンだと、かなり勝手が違うと思うよ？」

「あれ、私って遥斗君に家のこととか話したっけ？」

「さあ？　ただ、さっきの台詞《せりふ》、『できるけど日常的にやってない』みたいな口ぶりだったから」

つまり、代わりに日々の料理をやってる人がいるということになる。そうなると一番可能性が高いのは、まあ無難に親だろう。ワンチャンでルームシェアの可能性もなくはないが。

「私の周り、何故《なぜ》にこんな察しの良い人ばっかりなんだ……？」

「変人と付き合っていくには、察しが良くないとやってけないんじゃない？」

「世の中には類友って言葉があるんだよ遥斗君」

「じゃあ俺と千秋さんは一生友達かぁ」

「どぼじでぞんなごど言うのぉぉぉ!!」

そんな四《よ》つん這《ば》いで叫ばないでほしい。あとまた随分と古いネットミームを持ってきたな。

「千秋さん。近所迷惑は考えてって、さっき言ったんだけど」

「……注意じゃなくて慰めの言葉が欲しかったんだけど。やっぱり遥斗君ってツンだよ、ツン」

「あっそ。文句？」

「まさかー。ただ絶対にデレさせてやるって思っただけー」

「怖」

純度百パーの笑顔で誓ってくるじゃん。そして本当にブレないな千秋さん。

「ま、ともかく。家事は全部千秋さんにぶん投げるつもりだけど、料理は基本的に俺がやるから。今後も必要だったらそんな感じで。片付けだけやって」

「つまり毎日一緒にご飯食べよう、ってことぉ!?」

「食費増えるから却下に決まってるでしょ」

「いくら入れればオーケーですか？」

「遠回しに拒絶してるんだけど」

だから財布を出すな。その万札は引っ込めろ。

「んじゃ、チャチャッと作るぞー」

まずお湯を沸かします。そして沸いたらスーパーで買ったうどんを二人前ぶち込みます。

そして茹《ゆ》で上がるのを待ちながら、パックの鰹節《かつおぶし》を丼にぶち込みレンチンして、そこに醤油《しょうゆ》やらごま油やら、適当な調味料を適量加えてタレを作ります。

そしてタレができたら、茹で終わったうどんを放り込んで、最後に卵、胡麻《ごま》、刻みネギ、刻み海苔《のり》を掛けてお終《しま》い。

あとは付け合わせとして、スーパーの漬け物。俺はさらにサイドとして、バター醤油ご飯を添えている。なお、ご飯の方は千秋さんはいらないとのこと。

ま、ともかく完成だ。お手軽混ぜうどん。料理の質としてはマジの賄いレベルではあるが、美味《うま》いから作っているので、味の方は保証する。

「――ま、負けた」

そしてひと口食べた千秋さんの反応がこちら。その声色は嘆きに染まっており、指の隙間から覗《のぞ》く表情はまさに絶望という言葉が似合う。

「第一声含めて、リアクションが失礼すぎる」

飯作ってやって絶望されたの、人生で初めてだぞマジで。

「だって、だって……！　遥斗君の作ったうどん、凄い美味《おい》しいんだもん！　あんなチャチャッて作ってたのに、私の本気料理よりも絶対に美味しいんだもん！　胃袋絶対に握れないじゃんこんなの！」

「飯時に騒ぐんじゃないよ。唾飛ぶでしょうが」

「……ゴメンなさい」

注意したら顔を赤くしてトーンダウンした。やはり唾云々《うんぬん》は恥ずかしかったらしい。相変わらず謎に常識的な羞恥心である。

あとサラッと言っているが、俺の胃袋を握るつもりだったのかこの人。こういう言動を見ると、本当に攻略しに来てるんだなと普通に感心してしまう。……なのに何故初手から盛大に道を踏み外したのだろう？

「にしても、そんなに美味しかったコレ？　内容としては、まんま手抜きの賄い飯なんだけど」

「美味しいです。私じゃ逆立ちしたって遥斗君に勝てないと思うぐらい……」

「うーん、過大評価」

重ねて言うが、賄いレベルの料理である。そんな実力差を示すような料理では断じてない。

「いやだって、こんな美味しい料理を片手間で作られたら……」

「まあ、そういうもんだし」

チャッと作って、ササッと食べられる。仕事の合間にお手軽エネルギーチャージ。それが賄い飯というものだ。

ちなみにうどんの調理時間は五分と少しぐらい。タレは目分量で作れるので、うどんの茹で時間＝調理時間のようなものだったりする。

「一度レシピ見て材料記憶すれば、千秋さんだって簡単に作れるでしょ」

「いやそうだろうけど、そうじゃないんだよ。遥斗君と私じゃ、手際の良さが違うんだよ。

後ろ姿だけで、それをありありと理解させられたんだよ」

「当たり前だわ。バイトとはいえ、料理で金貰《もら》ってる立場だぞ一応」

千秋さんなら当然知ってはいるだろうが、俺はホールもキッチンもできる、マリンスノーの万能バイトだ。勤務時間は控えめではあるが、バイト歴はそこそこ長いベテランでもある。

店長から『卒業したらうちで働きなよ』とスカウトされるぐらいには認められているので、調理技術もそれ相応のものを身につけているのは当然だ。

「うぅ、女子力で負けた気がする。……美味しい」

「うどん啜《すす》りながら嘆かないでくれ。あと男子に女子力は基本的に死にステだから」

辛気臭い顔を浮かべつつ、しっかり味は絶賛してるから反応に困るんだよなぁ。

手料理を褒められたとドヤ顔を晒《さら》せばいいのか、それとも表情について文句あるのかとツッコめばいいのか。……まあ、別にどうでもいいか。食べられてるなら問題なしということにしよう。

それよりも、だ。地味に気になっている部分がある。なので味変感覚で漬け物を齧《かじ》りつつ、千秋さんに問いかける。

「今日の予定は？」

「それはデートのお誘いですか⁉」

「会話が成立してないんだよなぁ……」

　質問の答えになってないんだよ。質問を質問で返すなと言わないが、せめて脈絡を繋《つな》げてくれ。

「何時までここにいる気だって訊《き》いてんのよ」

「許してくれるなら宿泊すら選択肢の内ですが？」

「許さないので普通に予定を話してください」

「遥斗がつれない……」

　つれるつれないの問題じゃないだろうに。泊まりとか許すわけないだろ常識的に考えて。てか、一度泊まりを許せば、そこからなし崩しで我が家を侵食してくるだろ。千秋さんはそういうこと絶対にやる。

「えっと、今日はバンドの練習があるから、いれるとしても四時までかなぁ」

「ガッツリ予定あるじゃんか。それでよく泊まるなんて言えたな」

「え、練習終わったらここに帰ってくれば良くない？」

「良くないですね」

　なんか千秋さん的には、第二の自宅みたいな感覚でいるっぽいんですけど、ここって俺の家なんですよ。すっげえしょっちゅう来てるから忘れてるみたいだけど。

「てか今更だけどさ、よくこんな頻繁にうちに来れるな。交通費とかスケジュールとかどうなってんの？」

「ここ定期圏内だし、バンドの関係でこの辺は頻繁に来てるから」

「それにしたってじゃない？」

「まあ、そもそもここの最寄り駅、ガッツリ私の通学ルートに組み込まれてるし」

「それでか」

つまり、ほぼ毎日ここの最寄り駅を通過してるから、負担云々はゼロに等しいと。そりゃ頻繁に通えるわけである。

「……つまり引っ越した方が負担は増える？」

「やめて？」

「いやまあ、やらんというかやれんけど。……って、そうだ。引っ越しで思い出したけど、鍵」

「鍵？」

「そう鍵。千秋さん、俺の部屋の鍵持ってんでしょ？」

「……返さなきゃ駄目？」

「いや返……………さなくて、いいな。うん」

「本当っ!?」

「……うん。あげるよそれ」

反射的に返せと言いそうになったけど、よく考えれば返してもらう必要がないんだもん。いやだって、鍵返す＝俺の在宅時にしかやって来れなくなるわけで。つまるところ家事をしてもらう頻度が減るので、返してもらうメリットがない。

非公認シルキー時代なら、それでも返してもらう選択肢もなくはなかったが、公認となり身元も割れた今なら、まあ現状維持でいいか。

「えへへっ。大切にするね！」

「宝物か何かだと思ってる？」

「宝物だよ！　だって遥斗君のお家の鍵で、遥斗君からの初めてのプレゼントだもん！」

プレゼントかぁ（手渡した記憶はない）。ものは言いようである。なお俺個人としては、シンプルに業務で必要な支給品だと思っている。

「ところでなんだけど、その鍵って何処《どこ》にあった？　それ、多分俺がなくしたやつだよな？」

「玄関の扉に挿しっぱだったよ？　遥斗君、あれは普通に危ないから気をつけた方が良いと思う」

「……うす」

予想以上に馬鹿な喪失理由で笑えなかった。落としたとかじゃなく、玄関の外に挿しっぱとか……。俺、そんなアホだったのかなと。

いやマジで危なかった。引っこ抜いたのが千秋さんで良かったわ。空き巣とかのガチ犯罪者の手に渡ってたら、入られ放題の悪用され放題じゃねぇか。……よくよく考えたら、千秋さんも犯罪者だし、入られ放題の悪用され放題だったような？

「……いいや、考えんのやめた。ま、ともかくだ。今日は四時には帰るってことね。了解」

「うん。だからチャチャッと家事終わらせて、一緒にゆっくりしようね遥斗君」

「え？」

「え？」

「……いや、家事終わったら帰るでしょ普通」

「何故《なぜ》に!?」

何故にじゃないが。むしろ何で居座る気満々なんだ。友達でも客でもないと最初に言ったでしょうが。

第五章 公認化&シルキーの特技

Chapter 5

「……もう一年の半分か」

最近蒸し暑くなってきたからか、自然とそんな言葉が漏れた。もうすぐ夏だなと、季節の空気が教えてくれる。

ところで、夏の風物詩の一つに『夕立』という天気が存在していたりする。簡単に言えば、夏の暑い気温やらが原因で、午後に突然降ってサッと止《や》む雨のことである。

ちなみに何でそんなことを言い出したのかというと、夕立を連想させる通り雨がついさっき降ったからだ。しかも天気予報では語られず、それでいて勢いはそこそこ。

スケジュールの関係で家にいたから良かったものの、外出中なら酷《ひど》い目にあったことは想像に難くない。

「あぁぁ。凄《すご》い降られたぁ……」

――なにせその分かりやすい例が、つい先程我が家に転がり込んできたのだ。『こうなるよな』というのは、最近公認となった元ストーカーこと、千秋《ちあき》さんが身体《からだ》を張って証明してくれた。

「……」

もちろん、濡《ぬ》れ鼠《ねずみ》となった千秋さんを、マジマジと確認したわけではない。玄関付近から聞こえてくる嘆きと、多分に水気を含んだ音など、それとなく手に入れた情報からザックリ推測しただけだ。

長年……いや日数的にはそこまでだが、反比例するかのように濃い、それこそ特濃レベルで濃密だった日々によって培われた、無視しつつも情報を収集する術《すべ》が火を吹いた形である。

何故無視をやめた今になってそんな技術をフル活用しているかと言われれば、間違いなくずぶ濡れとなっているであろう女性を、わざわざ目視で確認しにいくのもどうかと思ったからだ。

いくら顔見知りかつ、元ストーカーの犯罪者と言えど女性は女性。薄着の季節でもあるし、びしょ濡れとなった姿を見られるのは抵抗があるだろう。……多分。

それならば、いちいち駆け付けるよりも、何か向こうから要望が飛んでくるまで待機した方がマシなはず。それで冷たいと思われても、元々の関係性が関係性であるし、妥当な対応だろと返せば問題あるまい。

「遥斗《はると》くーん！　悪いんだけど、ちょっとタオル借りるねー！」

「どうぞ」

そんな風に理論武装して待ち構えていたが、流石《さすが》に警戒しすぎだったようで。

ドア越しから普通に声が飛んできたので、肩の力を抜きつつ許可を出す。

「……あ、続けて申し訳ないんだけど、シャワーも借りてよろしいでしょうか？　その、あまりにびしょ濡れで……」

――そしたら今度は、ドアから顔を出しておずおずといった様子で訊いてきた。

「別に構わないけど……」

「ありがとうございます……！」

タオル云々《うんぬん》を訊いた直後に、わざわざシャワーを申し出たことを不思議に思いつつ、とりあえず頷《うなず》いておく。

「何で最初からシャワーお願いしなかったんだろ……？」

タオルじゃ無理なくらい酷かったのだろうか？　若干の謎を感じるが、すぐにその考えは振り払うことになった。

「……地味に気まずいなコレ」

ドアの向こうから聞こえてくるシャワーの音のせいで、否応《いやおう》なく千秋さんの存在を意識する羽目になったからだ。

「……」

一人暮らしを始めたことで、久しぶりに外から聞く風呂場の水音。家族以外、それも異性のシャワーの音をこうして聞くことになるとは、人生とは本当に分からないものだ。

なんというか、こうして意識すると中々に滑稽というか、無駄に馬鹿らしい思考をしていると呆《あき》れてしまうが。それでもやはり、女性と……いや異性とのアレコレとは縁のない人生だったが故に、なんとも言えない気まずさと感慨深さがある。

ましてや相手は千秋さん。なんだかんだアレな相手ではあるものの、その容姿に関しては認めざるを得ないアイドル級フェイスの持ち主である。

本来なら、俺如《ごと》きがお近づきになることなどできない高嶺《たかね》の花《はな》。そんな女性が、こうして我が家でシャワーを浴びているこの状況。

これで落ち着いていられる男は男じゃないだろう。どんなに言動がヤバくても、見た目が良いとそれだけである程度騙《だま》されてしまうのが、男の悲しき生態なのだ。……しかもヤバい言動と言っても、俺個人としてはわりと許容できてしまうのがまた困りどころだ。

「――は、遥斗くーん。その、シャワー終わったんだけど……」

「おん？」

と、そこで思考を中断。千秋さんの声が聞こえてきたことで我に返る。どうやら気まずさからか、無駄に自己弁護に集中してしまったらしい。

「何かあったー？」

「あの、その、本当に申し訳ないんだけどさ、ちょっとお風呂の前まで来てもらえるかな

「……？」

「んん？」

風呂の前？　え、何ちょっと不穏なんだけど。いや、一応行くけど。

「……何よ。一応訊いておくけど、洗面所まで入れって話じゃないよね？」

「さ、流石にそれは恥ずかしいからね!?　私タオル一枚だし！　……いや、ど、どうしてもって言うなら、その、考えるけど」

「妄言吐いてないで本題に入ってくれません？」

「妄言!?　乙女《おとめ》の勇気を妄言!?」

「こっちはこっちで気まずいんだわ。そこら辺ちょっとは汲《く》み取ってくれません？」

タオル一枚という余計な情報を追加してくれたおかげで、ドア一枚隔てていてなお居心地が悪いんだわ。

「ゴメンナサイ。……いやね、き、着替えになるものって、あったりしません？」

「は？」

何を言ってるんだこのストー……いや、元ストーカーは。

「……パードゥン？」

「いやだから、着替えになるような服ってありませんかね……？」

「それに対してパードゥンって言ってるんですが？」

遠回しに正気かって言ってるの分かってくれません？

「え、着替え持ってないの？」

「急な雨なのに持ってるわけないじゃん……」

「……それはそうね。そこは仕方ない。で、それなのにシャワー借りたの？」

「だって下着までびしょ濡れだったんだもん……。今、頑張ってお風呂場で換気扇回して干してます」

「……まあ、それもしょうがないか」

大学生の一人暮らしの部屋に、乾燥機などという上等な家電は存在しないのである。乾燥機能付き洗濯機も右に同じく。

なので対応としては間違ってない。冗談の類いではなく、全力でやるべきことをやってるのも分かった。

だがその上で言わせてもらおう。アンタ正気か？

「千秋さんさ、曲がりなりにも俺ん家の家事やってるわけじゃん。つまりこっちの服事情もある程度把握してるよね？」

「……はい。してます」

「じゃあ分かるよね？　夏場の男の一人暮らし、ましてや今の我が家に、千秋さんが着て大丈夫な服なんぞあるわけないでしょうが」

「ですよねぇ……」

ですよねぇ、じゃないんだわ。いや本当にどうすんのよコレ。

俺は基本的に衣服に頓着がない。故にオシャレ着なんぞ持ってないし、数だってそこまで多くない。

基本的には、季節ごとに量販店で上下をザックリ買い揃《そろ》えて、雑に使い回している形だ。数にすれば、上下ともに三、四種類ぐらいしかない。

で、現在の季節はもうすぐ夏。俺の好みもあって、上はオーバーサイズの半袖シャツがいくつかと、薄手のパーカーが一着。下は半ズボンがほとんどで、夏用の長ズボンは一種類のみ。……そしてパーカーと長ズボンは、現在洗濯中である。

この時点で詰みだろコレ。千秋さんの体格で、男用の半袖シャツに半ズボンって……。しかもシャツに至っては俺のオーバーサイズだし。

「……あの、部屋着でジャージとかない？」

「ないの知ってるでしょ。今の季節の俺の部屋着は、中学で使ってたヨレヨレのスポーツウェアです」

それもズボンは裾の広いバスパンだ。気の迷いでバスケ部に入部した、中学時代の遺物である。……肌触りとか部屋着にベストでなぁ。

「あれを着たいって言うなら、その覚悟を尊重するけど」

「流石にノーパンノーブラで着る勇気はないです……」

「聞き捨てならない単語が混じってたんですが？」

ノーパンノーブラってどういうことだオイ。それだと余計にハードル上がるじゃねぇか。

「下着もずぶ濡れって言ったじゃん……ッシュ」

「だからって……ああもう！」

何故《なぜ》余計かつ無視できない情報を投げつけてくるのかと頭を抱えるも、続けて聞こえてきたクシャミのせいで腹を括《くく》らざるを得なくなった。

夏場とは言え、風呂上がりにタオル一枚で立ち続けたとなれば、流石に風邪を引きかねない。

自業自得と言い切るには不可抗力な部分が多すぎるし、居心地の悪さより人としての良識の方に天秤《てんびん》が傾いた。

「えーと、コレとコレと……！」

とは言え、代わりとなる服がないという事実は変わらない。どんなに代案を考えようが、物理的にないものはない。

なので仕方なく、本当に仕方なくであるが、ある物を取り繕うしかないわけで。

「はぁぁ……。千秋さん、ちょっと手出して。服持ってきたから」

「え、あ、うん……」

「こっちがシャツ。で、こっちは肌着。気休め程度にはなるでしょ。そんでバスタオルとクリップ。スカートみたいに腰に巻けば、とりあえずは凌《しの》げるでしょ」

最初はズボンを渡そうかと思ったが、流石にパンツすらない相手に穿《は》かせるのは抵抗があった。かと言って、俺のパンツを渡すわけにもいくまい。未使用の新品なんて我が家にはないし。

なので頭をフル回転させた結果、バスタオルを使っての『なんちゃってスカート』に落ち着いたわけだ。

「色々心許《こころもと》ないとは思うけど、とりあえずそれで我慢して。下着ぐらいなら乾くのも早いだろうし、そしたらまた着替えれば良い」

「わ、分かった。……ちょっとドギマギさせれないかなって思って呼んだけど、想像以上に真摯に対応してくれてビックリした」

「オイ今なんつった？」

これまた聞き捨てならないこと聞こえたぞ？　まさか故意か？　これまでの流れ全部ワザとか？

「いやいやいや！　そういうことじゃなくてね!?　ちょっと言い方が悪かっただけで！」

「へぇ。で、弁明は？」

「アレです！　濡《ぬ》れた姿見せたらドキドキしてくれるかなって、雨降り出しても余裕こいてまして！　そしたら予想以上の土砂降りで『あ、これちょっとじゃ済まない』ってなった感じです！」

「頭悪くない？」

つまり何か？　余裕こいて歩いた結果が、さっきまでの濡れ鼠《ねずみ》だったと？　挙句の果てに、タオル一枚で俺に着替えを探させる羽目になったと？

「……てか、もしかしてなんだけど」

「ハイ」

「最初にタオルだけで済ませようとしたのって、後ろめたさがあったからとか？」

「……ソノトオリデゴザイマス」

「もうシンプルに馬鹿」

ストーカーの時といい、千秋さんは一回行動する前に熟考する癖を付けるべきだと思うよマジで。

あと俺の寛容さに感謝すべきだとも思う。人によっては着替え回収されてもおかしくないぐらいには頭が悪い。

「はぁ……。考えるの馬鹿らしくなってきた。もうさっさと着替えて出てきな。風邪ひかれても困る」

「ゴメンナサイ」

溜《た》め息を吐《つ》きながら部屋に戻る。ドアを閉める前に聞こえてきた衣擦《きぬず》れの音が、なんとも憎たらしい。

「……えっと、遥斗君？」

「何よ」

――だがしかし、如何《いか》に人を呆れさせようとも、千秋さんの見た目が変わることはないわけで。

「……」

「その、き、着替えました……」

「……」

声のした方向に顔を向け、思わずフリーズ。真っ赤な顔で、腕で胸と腰元を隠す千秋さんの姿は、それはそれは目に毒で。

「……えっと、服が乾くまで、今日やることやっちゃうね。え、えへへ……」

「しなくて良い。ベッドに行け」

「ふぇっ⁉　べべべ、ベッドって……⁉」

「その格好で動き回るなって言ってんの。シーツ被《かぶ》って、服乾くまで大人しくしてなさい。こっちが疲れる」

「あ、う、うん……」

そう言って、千秋さんがそそくさとベッドに向かうその瞬間。動いたことで翻ったタオルの隙間。そこから覗《のぞ》く生足が目に入り……思わず舌打ち。

「はぁぁ。ったくもう……」

本当、見た目が良いというのも考えものだ。どんなにヤバい言動も、こんなラッキースケベ擬《もど》きで気にならなくなってしまうのだから。

「……うわぁ、遥斗君の匂いだぁ」

「頼むから余計なこと言わんでくれ……」

——なお、この日はベッドから嗅ぎなれない匂い、間違いなく千秋さん由来であろう甘い匂いが漂ってきたことは余談である。おかげで中々眠れなかったわクソが。

◇◇◇

千秋さんが公認シルキーとなって、数日の時が経《た》った。と言っても、非公認時代から特に何かしらが変わったわけではない。

一時期多少のトラブルこそ発生したものの、それ以外は以前と大差ない日々を送っている。

まあ、それはそうだろう。なにせほぼ毎日我が家に侵入していたのだ。頻度的にはカンストのような状況で、どう変化するのだという話である。

もし越えるとなると、同棲《どうせい》ぐらいしかもう選択肢はないだろう。そして当然、そんなこと許すはずがないので、必然的に今まで通りの形に落ち着くことになる。

「……次は何しよう」

「やることなくなったら上がっていいよ」

「いーやーでーすー！　まだ帰らない！」

「毎度のことながら、よく居座るねぇ」

訂正。一つだけ変化はあった。というのも、千秋さんが我が家に留《とど》まる時間に上限を設けたのだ。

今までは、俺が千秋さんのことを無視していたために、ある意味でされるがままとなっていた。

家事を終わらせたあと、千秋さんはスケジュールが許す限りこの部屋に留まり、隣に座ってくるなど好き放題やっていたわけだ。

が、無視をやめたとなれば話が変わる。なんなら、公認したことで力関係的には上位となったために、しっかりと家主として主張を通させてもらった。

「うぅっ……！　家事が終わったらすぐ帰れって、遥斗君は本当にいけずだよ！」

「時間が許す限りいられても困るんだわ。俺にだってプライベートってもんがあるんだから」

「いやほら、そこはいないものとして扱ってくれればいいから！」

「いないものとして扱ってた時に無法してた人に言われてもねぇ……」

「うぐっ」

もはや何度目か分からない抗議に、同じく何度目か分からぬ反論でもって応える。

いや本当に、いけずと言われても困るのである。そもそもこの対応は、個人として正当な権利の行使なのだから。

何度も言うが、千秋さんは高頻度で我が家にやって来ている。時間帯はまばら、滞在時間にも差異はあるが、それでもほぼ毎日である。

ストーカーを黙認していた立場で言えたことではないが、俺にだってプライベートはあるのだ。人といるとストレスが掛かる、なんて主張するほどのコミュ障ではないが、それはそれとして一人の時間が落ち着くのも事実。

本職のように弁《わきま》え、家政婦に徹してくれるのならまた話は変わるが、千秋さんの主張の強さ的にそれも無理。

つまるところ、ほぼ毎日やって来て、長時間居座られたら寛《くつろ》げない。どんなに言動がアレであろうと、千秋さんレベルの異性に部屋に居座られたら、家主としてはもちろん、男としても落ち着かない。

だからその日の家事が終わったら、大人しく帰るという条件を呑《の》ませたのである。……

そのせいで毎度毎度、部屋を隅々まで掃除したりするようになったのは誤算だったが。

おかげで我が家は常にピカピカだ。正直、綺麗《きれい》すぎてこれはこれで落ち着かない。

「本当、男の一人暮らしにあるまじき綺麗さだよなぁ。ちょっとは加減してほしい」

「良いじゃん綺麗になるんだったら！　それにそうしなきゃすぐに終わっちゃうんだよ!?　短時間でさよならとか寂しいじゃん！」

「交換条件で、多少の雑談に応えてるでしょ。それで良しとしてほしいんだけど。……てか、ほぼ毎日顔合わせてるのに寂しいとか叫ばれても」

「何でよ!?　ほんの少しの間しか一緒にいれないなんて、現代の織姫と彦星だよ!?」

「織姫と彦星なー。アレさ、お互いの粗が見えないから、年一に会うぐらいが案外ちょうど良いんじゃないかって個人的に思うんだよなー」

「凄《すご》いシビアな返ししてくるね……」

そうか？　男女関係ってそんなもんじゃない？　どんなに付き合いたてがラブラブでも、長くいればそれだけ嫌なところも見えてくるし。熟年離婚なんてその最たる例な気もするが。

だったら、下手《へた》に嫌なものが見えない、それこそ年一に会うぐらいが、良い感じに感情を維持できるだろう。

「いやそうじゃなくて……。私としてはさ、『ほぼ毎日顔を合わせてるんだから、織姫と彦星に謝れ』的なツッコミを期待してたのであってね？」

「分かった上で言ってんのよ。ついでに補足すると、遠回しに頻度落とせって主張してたりもする」

「やっぱり遥斗君はいけずだよ！　会えるなら会いたい乙女心《おとめごころ》を蔑《ないがし》ろにしすぎだよ！」

「代わりに俺のプライベートが蔑ろになってるんですがそれは」

「だって遥斗君、本気で言ってないじゃん。叶《かな》わなかったらそれはそれ程度にしか思ってないじゃん」

「よく分かってらっしゃる」

何だかんだで付き合いが長いせいか、俺の思考回路に対する理解が深くなってるな。最初の方は、普通に驚いたりしてたんだが、最近は察しが良くなって驚くことが減ってきた。

「ま、それはそれとして。実際問題、千秋さん俺のところに来すぎじゃない？　プライベートとかどうしてんのよ」

「え、生活？　別に普通だと思うけど……」

「いやだって、俺の二つ下で、確か前言ってたけど大学行ってるんでしょ？　定期圏内云々《うんぬん》は聞いたし、負担が少ないってのも知ってるけど。にしても限度があるって」

「そうかな？」

「そうだよ。大学とかどうしてんの？　講義や課題だってゼロじゃないっしょ。それともアレ？　めっちゃ楽な大学だったりする？」

「あれ？　通ってるところ話さなかったっけ？」

「聞いてないな。有名なとこ？」

「まあ知名度は全国区」

聞いたらメタくそ有名な大学だった。全国区とかそういうレベルじゃねぇぞそこ。というか千秋さん頭良いんだな。俺の前での言動は頭悪いのに。

そして余計に分からなくなった。偏差値がアホみたいに高い有名大学なら、何故《なぜ》こうも高頻度で家事しにやって来られるのだろうか。

「単位とかマジで大丈夫なん？　講義の数多かったり、内容が高度なイメージなんだけど。落単とかないの？」

「んー、その辺は特に心配ないかなぁ。ちゃんと計画的に履修してるし、内容もそんなに？　スマホ弄《いじ》りながら聞いてても、普通に理解できるし」

「あ、駄目だ。これ天才の台詞《せりふ》だ」

今の受け答えで分かった。見栄《みえ》でもなんでもない自然な感じ、これ頭のデキからして違う人種だ。難関大学に入るべくして入った系だ。

「……まあ、うん。同じ学生として激しく納得いかないところはあるけど、学業に支障がないのは分かった」

「そーそー。講義は適当にバランスよく取って、空いた時間に来てるだけだからねー。全然おかしなことはないんだよ？」

「適当なのか……」

「うん。別に大学でやりたいことないし。モラトリアムを消化するため的な？」

「もらとりあむ……」

「そ。だからぶっちゃけると、大学は何処《どこ》でも良かったんだ。国立を受験したのは、こんなアレな理由で両親に高い学費を払ってもらうのもって思ったからだし。あとは周りに勧められるままに、近場で一番有名な国立を選んだんだ」

「……」

　思わず沈黙。またなんとも、世の受験生を敵に回す発言だこと。そんなふわっとした理由で、国内最高峰の学び舎《や》に入れたら世話ないっての……。

　特にタチが悪いのは、千秋さん本人はマジで言ってそうなところか。大学のネームバリューとか、一切気にしてない。なんだったら、この口ぶり的に受験勉強をしたかどうかも怪しいぞ。

　俺とて受験に苦労した口ではないし、何か目的や将来のビジョンがあって通ってるわけではないが……。それでもかつての空気を知ってる身としては、なんとも理不尽に感じてしまう。

「そう考えると、失敗したなぁって思っちゃうよねぇ。遥斗君と同じ大学に入ってればなぁ……」

「馬鹿と天才は紙一重、か。世の中って理不尽だ」

「この流れでシンプルな罵倒!?」

「あー、でもアレか。知性の代わりに人間性は欠けてるし、差し引き的にはプラマイゼロなのか」

「罵詈雑言《ばりぞうごん》が止まらないねぇ!?」

いや、愚痴の一つも言いたくもなるわ。そんなに頭が良いのなら、常識も同じように身につけてほしかったよ。何故ストーカーになったんだ。

あと同じ大学は俺が嫌だ。大学でまで付きまとわれたくはない。鬱陶しい。

「ちょっとズレたね。話を戻すけど、やっぱり解《げ》せないところがある」

「何が?」

「大学は問題ないのは分かったけど、バイトとかはどうしてんのさ。音楽活動するのだってタダじゃないんだし、なんかやってはいるんでしょ?」

これまでの付き合いで、千秋さんが本気でバンドに取り組んでいることは分かっている。

なんかレーベル云々でお祝いしてた記憶もあるし、何度も練習を理由に帰っていることも考えれば、ある程度は察せられる。

となれば、相応の支出もあるはずなのだ。音楽活動は出費が大きいイメージがあるし、それをカバーするには資金の補充は不可欠。

学業、バイト、バンド活動。この時点で三足の草鞋《わらじ》。それに加えて我が家での家政婦なのだから、忙しいという言葉では片付けられまい。

だからこそ分からない。この状況で、何故ほぼ毎日会いに来ることが可能なのか。どうやって時間を捻出しているのか、本当に不思議でならないのだが。

「んー、バイトの類いは特にやってないよ？　私、実家暮らしだし。生活費はかなり抑えられるってのと、ライブのバックがあるから」

返ってきたのは、俺の予想を根底から覆す内容で。

「バイトしてないの⁉　……てかバック？」

「そー。簡単に言っちゃえば収入かなぁ。まあ、この辺はバンド事情に詳しくないと想像できないよねぇ。──てことで、はい」

「……なんこれ？　チケット？」

「そ。今度ライブあるからさ、遥斗君も見に来てよ。せっかくだから、私のこともっと知ってもらいたいし！」

──そう言って、千秋さんは満面の笑みで俺のことを誘ってきたのだった。

「……面倒だしパスしたいんだけど」

「何でぇ⁉　ちゃんと遥斗君のシフトを考慮した日を押さえたんだよ⁉　メンバーに結構無理言ったんだから来て！　お願い‼」

「えー……」

◇◇◇

千秋さんからのライブのお誘い。個人的にはとてつもなく面倒くさかったのだが、必死の頼み込みを前に仕方なく折れる羽目になった。

一番の理由は、メンバーである他の常連さんたちだろう。千秋さんの先走りとはいえ、俺のシフトに合わせて例外的な日取りを組んでくれたと言われれば、流石《さすが》に無下にはできなかった。

「ここかぁ」

というわけで、やって来ましたホロスコープ。千秋さんたちのホームだというこのライブハウスは、何だかんだ俺にとっても印象深い場所だったりする。

というのも、ここのライブのスケジュールによって、バイトの忙しさがかなり変動するのである。本来スカスカな客入りの時間が、一転してピークタイム並の忙しさになったりするので、店の売上など関係ないバイトとしては……ねぇ？

そんなわけで、極めて個人的な理由かつ、一方的に辟易《へきえき》とした感情を向けていたホロスコープなのだが……。

「……なんか、入りづらいな」

こうして改めて直視すると、随分とまあアングラな雰囲気の漂う場所だなと思わずにはいられない。

夕暮れとなり、薄暗くなった道。そんな中輝くネオン看板と、それに吸い寄せられていく客と思わしき人々。

全体的に人数が多いわけではない。ただその少ない人数の中、そこそこの割合で服装が過激というか……パンク系やらゴシック系やら、物珍しい感じの見た目の人が見受けられるせいか、雰囲気が無駄に怪しい。

いや、あくまで雰囲気である。法的にアウトな場所と思っているわけではない。ただそれはそれとして、踏み込むには勇気がいる敷居の高さがあるというか……。

「——店員さん？」

「ん？」

ライブハウスの近くでもたついていると、後ろから声が。

自身が呼ばれたという確証はない。ただ『店員さん』という肩書きに反射的に振り返ると、そこにはなんとなく見覚えのある女性がいた。

「……常連さんですか？」

「あ、そうですそうです。憶えていてくれましたか」

「いえいえ。こんばんはです」

「こんばんは」

ふぅ、危ない。一瞬だけ悩んだが、なんとか女性の素性を思い出すことができた。千秋さんとの縁によって、お客としてやって来る他のバンドメンバーも印象に残るようになった結果だろう。

とはいえ、顔だけである。千秋さんのところのバンドメンバーということは分かっても、名前までは分からない。正確に表現すると、顔と名前が一致しない。

一応、千秋さんとのお喋《しゃべ》りで、常連さんたちの名前は大まかには知っている。だが顔を指して誰々と紹介されたわけではないので、誰が誰かまでは知らないのだ。

いや、別に訊こうと思えばどうにでもなっただろうが、わざわざ千秋さんの人間関係を訊《たず》ねるのもね……。かといって、接客中に名前を訊ねたりしたらクレームに繋《つな》がるし。

まあ、つまるところアレだ。呼び方が定まらないせいで、挨拶から先に話題が繋がらない。こちらから名乗るべきだろうか？

「……あ、すいません。そういえば、ちゃんと自己紹介したことはありませんでしたね。春崎《はるさき》恵《めぐみ》と申します」

「これはこれはご丁寧に。こちらこそ失礼しました。水月《みずつき》遥斗と申します」

悩んでいたら、先に春崎さんが名乗り上げてくれた。察しの良さに感心してしまう。流石は千秋さんという、世間一般における癖の強い人物とバンドをやっているだけはある。

見た目はちょっと近寄り難い、気の強めなギャルっぽい感じの人だけど、こうして会話をしてみると礼儀正しい人だというのが分かる。

第一印象と、なにより恵という名前。ここまで揃《そろ》えば察せもする。この人が千秋さんの話に出てくるメグさんなのだろう。

「えーと、ライブ観《み》に来てくださったんですよね？　蘭《らん》がはしゃいでました」

「あー、そうですか。……ってことは、やっぱりアレですか？　千秋さんから色々聞いてる感じで？」

「はい、そうなりますね……」

返ってきたのは、凄《すさ》まじく苦い表情による肯定。千秋さんの名前が出てきたことから、もしやと思ったのだが、この反応からして案の定というべきか。

いや、本人から『江戸時代の拷問を受けた』と聞いていたので、俺たちの関係性はある程度把握しているであろうことは知っていたのだ。

ただこうして顔を合わせての反応と、これまでの付き合いで形成された千秋さんの印象、具体的にはお喋《しゃべ》り具合を考えるに、こちらの予想より数段上の把握レベルの可能性が高そうだなと思った次第である。

「その節は本当に、うちの馬鹿が大変なご迷惑をお掛けしました」

「いやいやいや！　そんな頭を下げないでください。すでに終わった問題ではありますし、当事者同士の話ですから。春崎さんが謝られるようなことでは」

「いやもう、本当にすみませんでした……。そう言っていただけると助かります」

結果として、全力の謝罪が飛んできた模様。いくらバンドメンバーといえ、他人のやったことにここまで熱心に頭を下げるとは。随分と気苦労の多そうな性格をしていると思う。

あの絶妙に常識の有無が不明な、控えめに言ってもアレな千秋さんとは相性が悪いようにも思えるのだが。それでも一目でいい関係だと分かる辺り、人間関係というのは謎である。

「ところで、水月さん……えっと、水月さんと呼んで大丈夫ですか？」

「あ、はい。お好きなように。こちらもすでに春崎さんと呼んでしまっているので」

「いえ、失礼しました。で、話を戻すんですけど、水月さんって音楽、特にインディーズ系ってお好きなんですか？」

「あー、いえ。その、恥ずかしながらあまり詳しくは……。千秋さんに誘われて、初めてこういう場所に足を運んだぐらいでして」

「そう、なんですか……」

俺の返答に対して、何故《なぜ》か春崎さんは微妙な表情。一瞬、初めてと伝えたことが気に障ったのかとも思ったが、すぐに違うと脳内の考えを打ち消した。

返答としては別におかしいわけでもないし、失礼でもないし、こんな普通の内容で機嫌が悪くなるような人物ではないだろう。少なくとも、春崎さんのイメージには合わない。

なにより気になるのは、春崎さんの表情である。アレだ。不快感というよりも、訝《いぶか》しげと表現した方がいいような、そんな表情。

「えっと、何か変なこと言いましたか？」

「あっ、いえ！　そういうわけじゃないんですけど。その、随分と早くいらっしゃったので、インディーズ系が好きなのかと」

「随分早く？　え、時間間違えました？」

「いや、入場時間にはなってます。ただ開演は結構先ですし、私たちのライブも後ろの方なので。えっと、チケットの裏に時間は書いてあるんですけど……」

「裏……」

春崎さんの言葉に従い、鞄《かばん》からチケットを引っ張り出して裏面を確認。すると確かに、アバンドギャルドという名前とともに、かなり先の時間が記入されていた。

「なので私はてっきり、早めに来て良い場所を取りに来たのか、全部のバンドを観に来たのかなと。その、途中入場も可能なので、一つのバンドが目当てなら直前に来ればオーケーですし……」

「いや、そういうのは知らなかったですね。チケットもちゃんと確認してなかったです。千秋さんから、この時間に来てほしいと伝えられたので……」

「……なる、ほど。つまり、こんな早い時間に水月さんが来たのは、うちの蘭が原因と」

どことなく気まずい空気が流れる。なんというか、沈黙が痛い。

いや、別に何が悪いってわけではないのだ。やらかしたわけではないし、究極的に言ってしまえばチケットを確認しなかった俺が悪い。

「とりあえず、入りましょう。そして馬鹿を問い詰めましょう」

ただそう主張したところで、さっきまで本気で謝罪してた春崎さんが止まるわけもなく。

「えっと、できれば拷問はやめてあげた方が……」

「っ、あの馬鹿は本当にっ！　やっぱり〆《しめ》る!!」

あ、やっべこれ逆効果だ。……とりあえず、千秋さんに会ったら合掌だけしておくか。

「――あっ、遥斗君！」

なんか入口近くにいたわ。合掌。

「待ってたぁぁぁぁ!?」

「こ　の　馬　鹿　タ　レ　がぁぁ!!」

満を持して足を踏み入れたライブハウス。その記念すべき最初の光景は、なんとびっくり知り合いが梅干しを喰《く》らっている姿であった模様。

恐らく、俺が来るのを待ち構えていたのであろう。その結果、俺を先導してくれていた春崎さんに、ものの見事に捕捉されたというわけだ。

「痛い痛い痛い⁉　急になんなのメグ⁉」

「まず散々迷惑かけた水月さんを、無駄に早く来させた件。私たちの印象が拷問も辞さない危険集団になっている件。弁明は？」

「っ、スゥゥゥ……」

「前の状態＋足の下にドラムスティック」

「それガチの拷問じゃんかぁぁ‼　印象じゃなくて純然たる事実になってますけどぉ⁉」

涙目で叫ぶ千秋さんに、再び合掌。念仏まで唱えるべきかは悩むところ。

「おいうるせぇぞ！」

そんな風にアホなことを考えていたら、知らない人に怒鳴られた。うおっとビク付きながら視線を向けると、シルバーアクセをジャラジャラ付けたスキンヘッドのオッサンが。

ヤバいかと内心で焦りながら、それとなく千秋さんと春崎さんの前に移動し。

「あっ、オガさん。ゴメンいつもの」

「見りゃ分かる。だがそれはそれとして騒ぐんじゃねぇ。もう客何人か入ってんだぞ」

「いや大丈夫でしょ。今いるの全員古参《こさん》の常連じゃん」

「そういう問題じゃねぇんだよ。ったく……」

しい。


——ようとしたが、親しげな雰囲気を確認して足を止める。どうやら顔見知りだったら
「で、この兄ちゃんは？　知り合いか？」

「私の未来の旦那です」

「あん？」

「アンタそろそろ水月さんから殴られるよ」

「いや殴りはしないけど……」

ただそれはそれとして、せめて初対面の相手にはマトモに紹介してほしかったなぁとだけ。いや、ネタとして伝えるならそれはそれで構わないんだけど、遊びのない真顔で言われたら訂正が大変なんで。

「えっと、水月と申します。今日は千秋さんにお誘いを受けて、ライブを観に来ました」

「ああ、これは丁寧に。店長の尾形《おがた》です。今日は楽しんでいってください」

「遥斗君、緊張しなくて良いからね。見た目は完全にギャングだけど、オガさん良い人だから」

「やかましいわ。客商売やっていく上で当然の対応しかしてねぇよ」

千秋さんの補足に舌打ちを飛ばしたあと、再び尾形さんがこちらを向いた。

「それで、実際のところ千秋とはどんな関係で？　やはりコレですか？」

「オガさん、なんで小指立ててんの？」

「あー、いや。そういう関係ではないですね」

「通じてる⁉　メグっ、今のジェスチャーの意味って分かる⁉」

「小指立てる＝オンナ。つまりキミの恋人かって訊《き》いてんだよ。随分と古いけど」

「古くねぇよ⁉　ちゃんと通じてるじゃねぇか！」

「もう遥斗君はそんな恥ずかしがってー」

「「ちょっとうるさい」」

「私だけ怒られた……？」

いやそんな愕然《がくぜん》とした表情を浮かべられても……。わりと真面目に騒がしかったし、残当ってやつだと思うのだが。

会話の合間合間でピーチクパーチク言われたら、そりゃ注意の一つもされるでしょうに。

「あー、ともかくだ。千秋よ、水月さんとはどういう関係なんだ？　冗談とか抜きで教えてくれ」

「……いやそもそも、何でオガさんに教えなきゃいけないの？」

「シンプルな興味」

「セクハラ」

「おまっ、このご時世にそれは洒落《しゃれ》になんねぇからな⁉」

思いのほかガチ焦りをする尾形さん。見た目はゴツくても、やはりコンプラは怖いらしい。

それはそれとして、これ以上引っ掻《か》き回されても困るので、千秋さんの代わりに俺が答えることにする。……まあ、素直に語れるような関係性でもないので、軽くぼかすつもりではあるが。

「あー、千秋さんとはアレです。家事代行サービスと依頼主、みたいな関係です。その縁で交流があるというか」

「ほーん？　なんだ千秋、お前さんバイト始めたのか」

「いやバイトじゃなく通いづ、たぁっ⁉」

余計なことを言おうとした千秋さんの顔に張り手。なお、実行犯は春崎さんである。

春崎さんとしても、馬鹿正直に経緯までゲロられたら困るからだろう。残念なことに、その辺の信用は千秋さんにはないらしい。

「話が進まないから、これ以上ボケるのやめな」

「いや止め方ってのがあるじゃん……」

「グーが良かった？」

「血濡《ちぬ》れでライブしろと……？」

笑顔で拳を構える春崎さん。ジリジリと後ろに下がっていく千秋さん。

なんだこの光景。さっきからライブハウスとは思えぬ、コメディチックなシーンばかり脳内に追加されていっているぞ。

「お前ら、そろそろいい加減にしろよ。騒ぐなら裏でやれ。ついでに言うと、他の二人が待ってんぞ。なんか買い出しに行ってたんだろ？」

「あっと、そうだった。ほら蘭、馬鹿やってないで行くよ」

「えー!?　それじゃあ遥斗君ぼっちになっちゃうじゃん！　初ライブハウスでそれは心細すぎるでしょ!?」

「アンタが異様に早く呼び出したからでしょうが！　てか、マジで何でこんな早くにした!?」

「いやそりゃもちろん、出番まで私が直々に解説やらをしようかと……」

「気　を　遣　え　気　を　！」

「痛い痛い痛い痛い!?」

今度はアイアンクローか。地味に技のレパートリーが豊富である。

「ったく、しょうがねぇな……。だったら代わりに俺が付いててやるから、さっさと裏行ってこい。しょうもねぇパフォーマンスしたら承知しねぇぞ？」

「えー!?　何で美味《おい》しい役目をオガさんに取られなくちゃなんないの!?」

「むしろお前さんは何で案内しようとしてんだよ。キャストだったら仲間内での打ち合わせやら最終確認やら、色々やることあんだろ」

「え、ないけど？」

「コレでマジで困ることないからムカつくんだよなぁ……！」

「これだから天才は……」

つまり、ぶっつけ本番ドンと来いと？　むっちゃ不遜なこと言ってるけど、すげぇな千秋さん。

しかも否定されない辺り、マジでそれぐらいできるということなのだろう。

「ともかく行け。お前が良くても、周りのメンバーは違うんだからよ」

「いやいやいや。オガさんは皆を舐《な》めすぎだよぉ。全員即興でも問題ないって」

「技術じゃなくてメンタルの問題なんだよ馬鹿。分かったらほらキビキビ歩く！」

「耳がぁぁ!?」

うわスッゴ。耳引っ張られて連行されるとか、現実で初めて見た。梅干しといいアイアンクローといい、春崎さんって千秋さんの保護者か何かか？

「……はぁ。いや、すいませんね本当に」

「あ、いえ。むしろこちらこそご迷惑を。話の流れで変な役目を負う羽目になってましたけど、こちらは大丈夫ですので……」

「いえいえ。ご新規さんに楽しんでもらうのも、店長として当然の職務ですんで。ましてや、うちの売れっ子たちの紹介となれば、贔屓《ひいき》の一つも吝《やぶさ》かじゃあありませんよ。チケットを拝見させていただいても？」

「あ、はい」

「――確かに。では、軽く案内させてもらいますね」

◇◇◇

というわけで、尾形さんに案内される形でライブハウス内をうろつくことになった。

……こうして考えると、随分なＶＩＰ対応である。店長直々にアレコレしてくれているとか凄《すご》い。

「えっとですね、まずは――」

「あ、オガさーん！」

「あん？」

それじゃあ移動しながら説明を、というタイミングで尾形さんを呼ぶ声。何だと思って声のした方向を振り向くと、耳を引っ張られて消えていったはずの千秋さんが戻ってきた。

「どうした？　何か裏でトラブルか？」

「いや違う違う。渡し忘れてたやつ。はいコレ五百円」

「おん？　何の金だよ？」

「ドリンク代。遥斗君の。誘ったのは私だからねー」

「へ？　俺？」

え、何？　ドリンク代五百円？　スマンが全然話が見えない。というか高っ。

「んじゃ、コレだけだから。諸々《もろもろ》よろしくぅ」

「いやおまっ、てコラッ！　店内走んじゃねぇ！」

話に付いていけず呆気《あっけ》に取られている俺を他所《よそ》に、言うだけ言って千秋さんはスタタと去っていってしまった。……あ、最後振り返ってチャって指立ててった。

「ったく、あのバカ娘は……。すいませんね騒がしくて」

「あ、いえ。それより、俺のドリンク代五百円って？」

「あー……うち、いや結構なライブハウスがそうなんですけど、法律上は飲食店扱いなんですよ。その関係でワンドリンク強制でして」

「そうなんですか？」

「そうなんすよ。ライブが観《み》られる飲食店にした方が、色々と許可が降りやすいんですよね」

「へー」

ううむ。完全に千秋さんに誘われたままにやって来たせいで、何も知らなかったな。チケットちゃんと見たら書いてあったんだろうか？

にしても、ライブハウスが飲食店か。つまるところ、パチンコの換金所とか、スーパーの食玩とか、そういうのと同系統の裏技なのだろう。

そして飲食店として経営している以上、客には必ず食品を注文してもらう必要があると。だからワンドリンク強制。……それはそれとして高いとは思うが。

「いや、そうじゃなくて。あれ？　なんか流れでスルーしちゃったけど、俺もしかして千秋さんに奢《おご》られた？」

「いえ。そもそもアイツが用意したの、その辺がサービスされる特別なやつです」

「……え？　じゃあ何で千秋さんは五百円を？」

「良いカッコしたくて、ワンドリンク無料なの忘れてんじゃないですか？　それかそもそも知らなかったか」

「えぇ……」

「ま、気にするだけ無駄でしょう」

互いに遠い目。何が酷《ひど》いって、尾形さんが呆《あき》れこそすれ、特に驚いていないところだろう。

流石《さすが》は千秋さんのホームというべきか。未《いま》だに謎が多かった、というか関わる状況がアレすぎて参考にならなかった彼女の評価というものが、どんどん明らかになっていく。

なお明らかになったところで、当初から俺が抱いていた印象と大して変わっていない。

なんというか、本当に千秋さんってアレなんだなって……。

　俺も変人な自覚はあるが、ここまで周囲を振り回せるアグレッシブさはない。よく発揮できるものである。

「まあ、そんなわけで。はいコレ。当日のみ有効のドリンクチケットですので。お好きなタイミングで、あっちのドリンクスタッフにお渡しください」

「あ、はい。ありがとうございます」

「ちなみに本来なら、受付の時にドリンク代と引き換えに渡す物です。今回は説明ついでに渡すつもりだったのと、千秋の暴走のせいで変なタイミングになりましたが」

「あはは……」

　いやもう、本当に笑うしかないなコレ。周囲を薙《な》ぎ倒して動き回る台風みたいな人である。

「この五百円はこっちで返しておきますね」

「あ、お願いします」

「ついで揶揄《からか》います」

「あー。愛されてますね」

「そりゃもう。千秋は馬鹿ですが、ありゃ愛される馬鹿ですんで。馬鹿な奴《やつ》ほど、年寄りには可愛《かわい》く感じるもんなんです」

そう言って尾形さんは、フッと慈愛に満ちた表情を浮かべた。

あえて表現するなら娘、いや姪《めい》っ子を見守るかの如《ごと》き眼差《まなざ》し。だが見た目がかなりイカつい方ではあるので、やけに渋くてダンディな表情になっている。……多分千秋さんがいたらゴッドファーザーとか言いそう。

「実際のところ、水月さんにアイツとの関係性を訊《たず》ねたのは、余計なお世話を焼きたくなったからでしてね。変な奴だったら、軽く脅かしてやろうと」

「あ、そういう……？」

「ええ。俺は別にアイツの親でもねぇし、やってることはオッサンのお節介ではあるんですがね。ただうちをホームにしてくれているバンド、それも将来性は抜群なんだ。過保護になりたくもなるでしょう？」

「あー……」

バンドの世界がどのようなものなのかは分からないが、それでも言わんとすることは理解できた。

自身のライブハウスから有名なバンドが輩出されれば、そりゃ鼻が高くもなるし、可愛がりたくもなる。そこに何らかの実益も付いてくるであろうことを考えれば、余計なお世話とも言えないかもしれない。

「ちなみにお訊きしますが、千秋さんたちってそんなに凄いんですか？」

「……俺は店長として、そして一人の音楽関係者として、何組ものバンドを眺めてきました。だからこそ分かるんですよ。アバンドギャルドはビッグになる。間違いなく」

「そんなに……」

「ええ。まずシンプルに花がある。アーティストと言えど、見た目はやはり重要だ。そういう意味じゃ、アイツらは文句ねぇ。そこらの地下アイドルなんかより、よほど見目が整ってる」

「それは確かに」

千秋さんも春崎さんも、タイプは違えど二人とも美人だ。残りのメンバーもそうだ。なんというか、よくあんなレベルの人たちが固まったものである。

バイト経由で彼女らがバンドやっているのは知っていたが、そうでなければ普通にアイドルグループか何かと勘違いしていたかもしれない。

「そして音楽。これもまたレベルが高い。演奏はすでにプロに指が届いている。インディーズという枠組みの中じゃ、最上位でしょう。……まあ、インディーズとメジャー云々《うんぬん》は、昔と現在じゃイメージが結構違うので、地味にややこしいんですがね」

「は、はあ？」

個人的には、インディーズもメジャーもよく分からないのだが、尾形さんの口ぶりからして何かしらの違いがあるのだろう。……音楽の勉強もした方がいいか？

「まあアレです。アマチュア最上位と思っていただければ相違はないです。ただメンバー全員が若いので、伸び代はとんでもない」

「なる、ほど？」

「その上で注目すべきが歌。ボーカルである千秋なんですよ。あいつの歌は頭一つ抜けている。まだ荒削りではあるが、それでもプロと遜色ない。なによりカリスマがある」

「カリスマ……？」

「ククッ。まあ、そんな反応にはなるでしょうねぇ。でもね、これはマジなんすよ。アイツはマイクを握ると別人になる。普段は能天気な間抜け。だがステージの上では——最高のロックスターだ」

「……」

断言。躊躇《ためら》いなく言い切った尾形さんのその瞳は、間違いなく未来を見つめていた。

それほどなのか。千秋さんは、それほどまでに凄い人なのか。……え、アレが？

「ハハッ。信じらんねぇって顔してますねぇ。と言っても、無理もないですが。ま、その辺りは自分の目で確かめればいい」

「それは……そうですね」

「てなわけで、話を戻しますが。アイツらには何ごともなく、スターの階段を登ってほしいんですよ。だから変な虫は追い払うつもりだった」

あ、そこまで話を戻すのか。というか、話の流れ的にその『変な虫』って俺じゃね？

「えっと……」

「ああいや、勘違いしないでもらいたいんですが、水月さんがどうこうって話じゃないですよ？　ただバンドなんかやってると、その手のトラブルが大なり小なりくっ付いてくるってのが、長年の経験からの結論でして」

そう言って尾形さんが語るのは、かつてあったバンドが消えていくまでの過程。

曰《いわ》く、バンドマンの多くは夢追い人の部分があるため、金銭や異性関係でトラブルが多発するのだとか。……なお、千秋さんも例に漏れずガッツリやらかしているのは、この場に限れば言わぬが花というやつだと思う。

「特にアイツらは見た目が良いし、そういう目的で近づこうって奴らもゼロじゃないんすよ」

「あー」

「何度も言いますが、水月さんがそうというわけじゃないですよ？　いやコレはマジの話。あなたは少なくとも、人間としては信用できる」

「へ？」

信用？　え、何で？　この短時間で信用できる要素なんてなくない？　変な虫と警戒される方がまだ分かるのだが。

「ほら、さっき俺があの二人に対して怒鳴ったでしょ？　あの時、水月さんそれとなく庇《かば》おうとしてたじゃないですか」

「……」

「自分で言うのもアレですが、俺みたいなイカついオッサンを前にして、そういう風に動ける奴は中々いない。若い人なら尚更《なおさら》だ。その時点で、アイツらの見た目だけを追う色ボケどもより万倍マシだ」

「……アレは単に、トラブルを避けようとする接客業としての本能と言いますか」

「ハハッ。そういうことにしときましょう」

「……」

凄《すご》い生温かい視線を向けられた。今気付いたが、俺この人が多分苦手だ。

◇◇◇

尾形さんに対し、漠然とした苦手意識が芽生えたものの。あくまで苦手意識であり、不快感ではないため、結局俺はライブが始まる直前まで、いろんなことを教えてもらった。

今日のライブは、複数のバンドが参加するタイプの内容であること。

アバンドギャルドを筆頭とした、参加バンドの特徴と見どころ。

オススメのインディーズバンドと、個人的に跳ねるバンドの見分け方。

ライブハウスあるあるや、過去に起こったトラブルなどの苦労話。

そのレパートリーは多種多様。尾形さんが話し上手なことも相まって、苦手意識があってなお聞き入ってしまったほどである。

「――んじゃ、そろそろ時間ですんで。しっかり楽しんでくださいね」

「はい。ありがとうございます」

気付けばライブ開始間際。千秋さんの暴走から余ってしまった時間は、いつの間にか溶けてしまっていた。……店長がほぼ油売ってたようなものというツッコミはなしで。

いや、一応弁明っぽいものはしていたが。直前でドタバタしたりするのが嫌なので、オープン時間含めてかなり余裕を持った進行にしているそうで。

トラブルなどが起きなければ、スタッフだけでも回せるようになっているとかなんとか。

「そろそろだねー」

「ねー。混んできたし、早めに来て良かったね」

近くのお客さんの会話が耳に入る。丸聞こえというわけではないが、弾んだ声音であることが分かる。

周囲を軽く見回すと、俺が入店した時よりも遥《はる》かに多い観客。満杯ではないが、オープン直後の光景とは比べるべくもない程度には客入りがある。

恐らく、ここからさらに客足は増えるのだろう。正確に言えば、目当てのバンドに合わせて観客たちが入れ替わる感じか。

どちらにせよ、ライブハウス内に熱気が渦巻いていることには変わりない。自他ともに認めるインドア派としては、初体験と言っていいぐらいには馴染《なじ》みのない空気感。

「凄いな……」

元々、イベントごとには縁のない人生だった。友人に誘われれば付き合いはしただろうが、そうでなければジャンル問わずイベントに足を運ぶことはなかった。

行けば楽しめるのだろう。だが行くまでのハードルが極めて高い。サブカルチャーも好きな方だが、ネットで作品を視聴すれば十分なライト層。

漫画、ラノベ、アニメ、ゲーム。あとはＶＴｕｂｅｒやストリーマー。コンテンツの大元は楽しむ。だがグッズを買うほどではない。イベントに足を運ぶほどではない。

別に貧乏性というわけではない。作品を買ったり、ゲームに課金したり、配信者にスパチャしたりもする。趣味の範囲では浪費もする。

ただそこから先が繋《つな》がらない。パソコン、スマホの画面の中だけで完結してしまう。俺の中における娯楽というのはそういうもの。

「あっ、始まるよ！」

「きたきたきた！」

だからこの熱狂は違和感がある。徐々に上がっていく周囲のボルテージで落ち着かない。

肌を震わせる人々の興奮がむず痒《がゆ》い。

臨場感。そう、臨場感だ。覇権アニメの、その中でも神回と呼ばれるエピソードのオープニング。名作映画のハイライト、その直前を眺めているかのような感覚。

「ランバージャックです！　今日は楽しんでいってください!!」

ステージに上がった男たち。開幕一発目を任されたバンド。……全然知らない名前だ。一応、尾形さんから事前知識は軽く与えられたが、所詮は知識。実態など伴っていない。グループ名もさっき聞いた。どんな曲を得意とするかも聞いているが、そもそもジャンル自体がよく分からない。聞いたことはあるようなと首を捻《ひね》り、漠然としたモヤモヤが残るぐらいの浅い知識。

にわかとすら言えないレベル。いや、ここはもう潔く無理解と認めるべきだろう。

「それじゃあ一曲目！【テレプシコーラ】！」

それが塗り替えられていく。薄っぺらな事前知識に、音楽という肉付けがされていく。

「……」

かき鳴らされるギターの音。叩《たた》きつけるようなドラムの音。地を這《は》うようなベースの音。そのすべてを背負うボーカルの歌。

「……おぉ」

素直に凄いと思った。技術に関しては俺は知らない。だが正直なところ、俺が普段聴いている音楽よりは拙いものではあると思う。

だがそれは仕方のないことだ。なにせ土俵が違う。俺が聴いているのは、結局のところ流行《はや》りの曲、流行った曲。

歌っているのは成功者であり、音楽業界の上澄み中の上澄み。比較するのが間違っているのだと、素人《しろうと》ながらに理解できる。

歌番組で熱唱する歌手より、歌声に力強さがない。オリコンチャート一位を取ったバンドより、演奏にまとまりと迫力がない。ネットでミリオン再生されたボカロより、歌詞に中毒性がない。

「おぉ……」

惹《ひ》かれるようなものがない。俺の知る数々の名曲より、明確にこのバンドは劣っている。

惹き込まれるものがない。

「これが、ライブ……」

――なのに、楽しいと感じている自分がいる。……いや違う。楽しい気分にさせられている。

「おっしゃぁ！　次の曲いくぞぉ!!」

バンドの拙さを補うのは、周囲の観客の熱狂。ファンであろう彼ら彼女らの放つ熱が、否応《いやおう》なしに俺の心を掻《か》き立ててくる。

俗に言うところの集団心理。ある意味シンプルで、分かっていてもどうしようもないもの。

抗《あらが》うことができないわけではない。だが抗う意味がない。『踊る阿呆《あほう》に見る阿呆、同じ阿呆なら踊らにゃ損損』と、これは多分その類い。

付け加えるなら、ライブハウスという閉鎖空間もそれを助長しているのだろう。

一般的なライブのイメージ、ドームのようなそれと違い、このライブハウスは小規模だ。収容人数は規模相応だし、その上で普通に空きが目立つぐらいの人数しかいない。

それでも密集すれば熱は溜《た》まるものだ。そしてキャパシティ自体が低いから、熱気はすぐに満杯となる。

あとはグツグツ沸騰するだけ。会場のボルテージは勝手に上がり、観客も同じく茹《ゆ》で上がる。これはそういう話。

「……なるほど。インディーズが好きって言う人がいるのも分かる」

ライブハウスにはライブハウスの良さがある。そういう主張は知っていたが、こうして体感すると納得だ。

もちろん、まだ表に出ていない原石を見つけるとか、そういう楽しみ方もあるのだろう。

俺の抱いた感想なんて、素人が周りに流されてるだけのお祭り気分の産物でしかないのかもしれない。

それでも、人生で一度は体験してみても良い。そう思わせるぐらいの価値はある気がする。少なくとも、俺はそう感じた。

「……こりゃ、千秋さんには感謝しなきゃなぁ」

多分、千秋さんの目的とは違うのだろうけど。彼女はもっと単純に、自分の趣味と凄さを見てほしかっただけなのだろうけど。

知らなかったバンドの知らない曲を、周りの熱に浮かされながら、ドリンク片手に堪能するというのは——なんとも良い初体験だなと思えた。

◇◇◇

「——次の曲、いきまぁぁす!!」

周囲の熱狂に身を任せ、数十分ほど経過した。何組ものバンドが歌い、気付けばライブハウス内の人口密度はかなりのものになっていた。

オープン直後はもちろん、一組めの演奏の時よりも遥かに多い観客。ステージの上から眺めたわけではないのでアレだが、体感では満員と呼べるぐらいの客入りな気がする。

さてここで問題である。今回のインディーズライブ？　が初体験で、当の本人は自他ともに認めるインドア派。そんな人種が、盛況と表現できるライブに開幕から参加していたらどうなるだろう？

「……キツくなってきたなぁ」

――正解は、疲労と人混みのせいでグロッキーの一歩手前ぐらいの状況になる、でした。

「……」

いやもう、わりと真面目にキッツイ。というか疲れた。足が痛いし、演出のライトのせいか頭も重い。

イベント特有の空気感というか、集団心理的な熱狂でバフが掛かっていたからだろうか？　最初は盛り上がっていたし、素直に楽しんでいたのだが、時が進むにつれて誤魔化《ごまか》せなくなってきた。

にしても、おかしいなぁ。これでも一応、立ち仕事のベテランではあるんだが。何故《なぜ》こうも早く足に疲労が溜まるのだろう？

このライブがどうこうというわけではなく、出先だと結構な確率でこうなるのが本当に謎。短時間で消耗するし、なんなら体感で通常より疲労度マシマシなのが……人類共通の特徴だったりするのだろうか？

「……千秋さんには悪いけど……」

ともかく。こうなってしまっては仕方ない。人混みの中だと加速度的に疲労が溜まるので、大人しく撤退一択である。

なにせ無駄にオープン直後からいるせいで、俺がいたのはほぼ最前列の好位置だ。ここに留《とど》まるのは、いろんな意味で具合が悪い。

まず周囲の圧が、疲労困憊《ひろうこんぱい》の身体《からだ》にはかなり堪《こた》える。当初はバフとしての効果があったものの、現在では間違いなくデバフの類いに変化してしまっている。ワンアウト。

次に、間違いなく楽しみ切れない人間が、好位置を独占する行為に対する罪悪感。俺はあくまで成り行きで参加しているが、他の観客はそうでもない。ファンとして参加しているのだから、楽しめない自身よりもそこは優先されるべきであろう。ツーアウト。

最後。シンプルに疲れた。このままだと体調が悪化する可能性も普通にあるので、マシな体調のうちに動きやすい場所に移動しておきたい。スリーアウト。チェンジ。

「失礼しまーす……」

若干前のめりの体勢のまま、手刀を切って人混みの中を掻き分けていく。

目指すは最後尾。もっと言うなら寄りかかれる壁際。未《いま》だに出番が来ていない千秋さんには悪いが、ここは申し訳なさを振り切って下がらせてもらう。

そうしてのそのそと移動し、どうにかこうにか最後尾まで撤退。……ほぼ満員状態になっているからか、後ろに下がることも一苦労だった。

「ふぅ……」

「水月さん？」

「え？」

最後尾付近の壁に寄りかかり、ほっと一息ついたタイミングで声を掛けられた。

振り向くと、そこには尾形さんが。後方で作業でもしていたのか、偶然近くにいて俺が目に入ったようだ。

「どうしました？　もうすぐ、てか次は千秋たちの出番ですよ？」

「あー、いや……その、恥ずかしながら人混みに酔いまして……」

「ありゃま。まあ、ライブ初心者ですからねぇ。特に今回は混んでますし、仕方ないっちゃ仕方ないですか」

ライブの邪魔にならないよう、小声で下がった理由を話すと、尾形さんも苦笑い。いやはや、フォローされると余計に情けなくなってくるな……。

というか、千秋さんたち次だったのか。直前でダウンとか我ながらアレすぎる。これならギリギリまで粘るべきだったか？

「申し訳なさそうな顔してますが、無理するもんじゃないですよ。無理した方が千秋も堪《こた》えるでしょう」

「……そう思っておきます」

「ハハッ。それに後ろでも十分に楽しめますよ。ライブで一番重要なのは音楽ですからね。人混みで多少見えにくくとも、歌と演奏が聴こえるんです。千秋が伝えたいことは、ちゃんとここでも伝わってきます」

「そういうもんですかね」

「ええ。実際、お客さんの中にもそういう人いますしねー。ほら、あそことか。あえて後ろで聴いてる人もいるんですよ」

「あ、本当ですね」

「ちなみにアレは、無駄に通ぶってるここの常連の一人です」

「……」

反応に困るネタがぶっ込まれた。でもなんとなく言いたいことは分かる。どこの業界でも、そういう人って必ず何人かはいるよね……。

そんな風にあるあるネタに共感していると、ステージの方で動きがあった。演奏していたバンドが引っ込んだので、ついに千秋さんたちの出番となったようだ。

「お、来ましたね。知ってはいるでしょうが、アレがアバンドギャルドですよ」

「おぉ……」

無意識の内に零《こぼ》れた感嘆。ステージの上を歩く千秋さんは、それだけ雰囲気が違っていた。

普段の彼女とはかけ離れた、なんとも凛《りん》とした立ち姿。他のメンバー、春崎さん含めた常連さんたちも、俺の知る雰囲気とは大きく違う。

俺が知っている『アバンドギャルド』は、マリンスノーで集まっている女性グループ。

楽器を置いて談笑し、お茶とスイーツに舌鼓を打つ。そんな常連客としての姿。

だが、今の彼女たちはどうだ。仲良さげ、気心知れた雰囲気はなりを潜め、まとっているのは鋭い雰囲気。まるで公式戦に臨むアスリートのような、そんな凄味《すごみ》のようなものがあった。

「――アバンドギャルド。よろしく」

千秋さんがマイクを握り、放たれたのは短い言葉。それでいてズシリと腹の底に響く声色。

なるほど、これがカリスマか。あの能天気さに溢れた、馬鹿っぽい声がここまで変わるのか。これは確かに別人だ。尾形さんが『最高のロックスター』と評するのも分かる気がする。

「……こんなに変わるんですね、千秋さんって」

「いや、アレは単にカッコつけてるだけですね。普段のオープニングトークは、もっと長いし馬鹿っぽいですよ」

あれー？

「え、アレがカリスマじゃないんですか？」

「違いますね。その証拠にほら。他の観客たちも微妙に戸惑ってるでしょ。いつもだったら、春崎に怒鳴られるまで逆に喋《しゃべ》り続けます」

「えぇ……」

「今回はアレですね。水月さんがいるから、デキるバンドマンを演出したかったんじゃないですか？　だからほら、ヤケに『らしい』でしょ？」

「まあ、確かにＴｈｅバンドマンみたいな雰囲気出してますけど。それで良いのか……」

「一応は。ファンも千秋の奇行には慣れてるので」

まさかの周知されてる系だった。尾形さん曰《いわ》く人が変わるとのことだから、てっきりマイク握ると性格変わる的なイメージだったんだが。こう、公私で思いっきりキャラが違う的な。

というか、ここから生まれるカリスマってなんなんだ。尾形さんの解説が挟まったせいで、現状では純度百パーな『千秋さん』なんだけど。

「それでは聴いてください。【水面の彼岸花】」

やけにカッコイイ曲名きたな。大丈夫か？　今のところ完全にアホ丸出しというか、イメージ的に千秋さんの持ち歌は日常アニメのキャラソンなんだが……。

――カン・カン・カン・カン

そんな俺の不安を他所《よそ》に、打ち鳴らされるドラムスティック。カウントダウン代わりの、乾いた音がライブハウスに響き渡り。

「――――」

不安も、イメージも、俺の体調不良すら吹き飛ばすような歌声が、ライブハウスに迸《ほとばし》った。

「っ……」

その凄《すさ》まじさに、思わず息を呑《の》んだ。痺《しび》れるようなシャウトから始まる、ハイテンポなミュージック。開幕の数秒で、後戻りできないほどに引き込まれる中毒性。

元々、俺は音楽に詳しくはない。好きではあるが、一般人の域を出ない。

専門用語はちんぷんかんぷん。ビブラートだとか、こぶしとかはフィーリングでしか理解してない。楽器なんて弾けもしない。子供時代に授業で使ったリコーダーがせいぜいだし、それすらあやふや通り越して白紙一歩手前。

そんな素人《しろうと》にすら、一瞬で理解させる格の違い。これまでのバンドが霞《かす》んでしまうほどに、千秋さんたちは圧倒的だった。

「……ありがとうございました。水面の彼岸花、皆さんは楽しんでいただけましたでしょうか！」

気付けば一曲が終わっていた。挟まれたトークでようやく我に返る。

時すら忘れさせる熱唱。会場のボルテージは際限なく上昇中。これをたった一曲で、ほ

んの数分で会場の空気を塗り替えた千秋さんの歌声に、ゾクゾクと背筋が粟立《あわだ》った。

「……ヤバすぎでしょ」

「でしょう？　これがアバンドギャルド。そして千秋の歌なんですよ」

「なる、ほど」

自慢げな声音に、自然と苦笑が浮かんでしまう。これは尾形さんが評価するわけだ。お門違いと自覚してなお、過保護な対応を取るわけだ。

「次は【紫電の恋模様】！　ドンドン上げてくよ！」

――絶叫。そして絶唱。腹の底がひっくり返るような重低音と、鋭く爽快な千秋さんの歌声のマリアージュ。

「……」

綺羅星《きらぼし》の如く輝く魅力。焦がれるほどのスター性。千秋さん、いやアバンドギャルドから感じられるそれは、親しい人間なら誰でも守りたくなることだろう。

変な虫と警戒されたのも納得だ。彼女らの歩む道筋に、余計な汚点を付けたくないと、順調にスターの階段を登ってほしいと、そう願わせるだけのポテンシャルがある。

「駄目だ。敵《かな》わないなこりゃ」

物を投げたら下に落ちるように。いつの間にか魅入らされて、そして理解してしまった。

元々、そんなつもりはなかった。それでも改めて決めた。この場に立った時点、千秋さんの誘いに乗った時点で、俺は負けていた。

千秋さんにそんなつもりはないのだろうが、見せつけられたスター性は、パンピーである俺の脳を焼くのには十分すぎた。

「こんなの観《み》せられたら、今までの全部水に流すしかないじゃんか」

苦笑と一緒に漏れた呟《つぶや》きは、茹《う》だるほどの熱狂の中で燃え尽きた。

◇◇◇

「……」

ライブハウスの壁にもたれかかり、無言で天井を見上げ続ける。

ライブが終わり、観客たちが引いていく。それを眺めつつ、先程までのことを思い返す。

アバンドギャルド、千秋さんたちのパフォーマンス。圧倒的なそれを前にしたら、体調不良などいつの間にか消え去った。

人混みに揉《も》まれ、気分を害して最前列から撤退したのが嘘《うそ》みたいだ。疲労こそ残っているものの、精神的な苦痛は何処《どこ》かへ飛んでいってしまった。

「……はぁ」

熱のこもった溜《た》め息が零れる。それほどまでに圧倒された。圧巻だった。集中してた。夢中になった。……陳腐な言葉でしか表現しきれないぐらいには、アバンドギャルドの演奏は凄まじかった。

尾形さんが言ってた、千秋さんの『カリスマ』。それがどういったものなのかも理解した。問答無用で引き込まれる歌唱力。目を離すことすら難しいそれは、確かにカリスマと表現できるものだろう。

なるほど、ライブのトリを任せられるだけはある。ほんの少し前の光景を脳内でリフレインさせれば、問答無用で納得してしまう。

今回のライブで演奏したバンドの中でも、明らかに頭一つ、いや二つは抜けたクオリティ。ライブハウスが満員になるのも頷ける。

「お。まだここにいましたか」

「尾形さん。ええ、人混みが引くまで待ってようかなと」

「なるほど。で、どうでした？　アイツらの演奏は。途中でチョロっと話しましたが、改めて感想を聞かせてくださいよ」

なんとまあ。作業があるとライブ中に離れたのに、このためだけにわざわざ舞い戻ってきたのか。この店長、アバンドギャルドを好きすぎるだろ。

「そうですねぇ。──凄《すご》かった。この一言に尽きますね」

とはいえ、ここで無駄に言い淀《よど》むつもりはない。凄いものは凄いと褒めるべきだし、正直言い淀むことを罪と思ってしまうレベルで圧倒された。

なので惜しみない賞賛を。お手上げとばかりに苦笑を浮かべれば、返ってきたのは満足そうな笑み。

「ハハッ。そりゃ良かった。なら本人にも言ってやってください。お時間はありますか？」

「ええ、まあ」

「では、ここらで待っていてください。もうちょいしたら、千秋呼んでくるんで」

「分かりました。でも良いんですか？　着々と片付け進んでますけど」

「大丈夫ですよ。店長の自分が許可しますから。スタッフに何か言われたら、名前出しちゃって構いませんので」

「あ、はい」

それだけ言って、尾形さんがまた去っていった。やはりライブ終わりとなると忙しいらしい。

周囲を眺めながら考える。改めて思い返してみると、随分と珍しい経験をしたものである。

初めてのインディーズライブ。それも始めから終わりまでを、こうして体験することになるとは。……しかも運営の人と近い感じで。

去っていく観客たち。片付けを開始しているスタッフさんたち。ドリンクコーナー。物販ベース。その他色々。

先程までの賑《にぎ》やかさは何処へやら。諸行無常……という表現は多分間違っているのだろうが、絶妙な詫《わ》びしさを感じてしまう。

ただ同時に、余韻に浸るにはちょうど良い雰囲気だ。微妙に混乱している部分もあるので、この時間を利用して整理したい気持ちもある。

今回のライブで、俺の中の千秋さんの印象は確実に変わった。カッコイイところを見せたいというのが千秋さんの目的ならば、悔しいことに大成功である。

実際、それぐらいカッコよかった。生歌で魅了されたのは初めての経験だ。そして歌っている姿もイカしていた。月並みな、それでいて貧相な表現しかできないが、『凄い』という一言に集約されるだろう。

これまでのアレコレをなかったことに、それでいて今後も苦笑で済ませようと決意してしまうぐらいには、千秋さんの歌は格別だった。

「本当に凄かったなぁ……」

思い出すだけでも背筋が痺れる。普段がアレだからか、ギャップで余計にカッコよく感じる。なんだったら、アレは夢だったんじゃないかと思ってしまう。

「あ、遥斗くーん！」

——だがしかし、夢ではないのである。ライブハウス全体を震わせるような熱唱を披露したボーカルと、ブンブン腕を振りながら駆け寄ってくる千秋さんは確かに同一人物なのだ。

「待っててくれたんだねぇ！　ありがとう！　で、どうだった⁉」

「……」

「凄かった⁉　カッコよかった⁉　今日は特に頑張ったんだけど⁉」

「……」

「……遥斗君？」

「狼《おおかみ》がお馬鹿な大型犬になった」

「ワン⁉」

「そこでワンって返すのは本当に駄目だと思うよ……」

本当にカッコよかったんだけどなぁ……。なんでステージから降りると残念さが際立つんだろうか。

ああでも、尾形さんの解説のおかげで、ステージ上でも最初の方は残念な空気が漂ってたか。つまり歌ってる時だけ無駄にカッコイイわけだ。

「せめて飼い犬は飼い犬でも、シベリアンハスキーぐらいのスタイリッシュさを維持してくれたらねぇ」

「……待っていてくれたんだね？　私のかわいい子ちゃん」

なんか唐突に壁ドン＋顎クイされたんだけど。というか誰がかわいい子ちゃんだ。

「……え、あの、え？　まさか千秋さんの中だと、スタイリッシュってこんなイメージなの？」

「うるさい口だな。そんなに騒ぐと塞いじゃうよ？」

「一昔前のチープな乙女《おとめ》ゲー教科書にしてる？」

「……ふっ、おもしれぇ女」

「男だよ」

そして現状だと面白い女なの千秋さんだわ。それも文字通り、コメディ的な意味で。少なくともヒロインにはなれないタイプのギャグキャラだよ。

「あとシンプルに邪魔だから、ちょっと離れてくれる？」

「……ねぇ。もっとドギマギしてくれても良くない？」

「歌ってる時の千秋さんならワンチャンあった」

「どっちも私なんだけど⁉」

いや別人だよ。少なくとも印象的には果てしなく別人だよ。マイク握ってる時の千秋さんはカッコよくて綺麗《きれい》だった。

そう伝えると、不服そうにしながらも千秋さんは離れてくれた。なお、その口元は盛大に蠢《うごめ》いている模様。チョロい。

「そっかー。カッコよくて綺麗だったかぁ！　こりゃ盛大に見直されちゃったかなぁ⁉」

「うん。そこはガチで見直した」

「ファンになった⁉」

「ＣＤとか出たら買うよ。マジで」

「好きになった⁉」

「歌は本気で好みだったし、バンドとしては結構ちゃんと好きになったよ」

「女の子としては⁉」

「ファンとしての分はわきまえるかなー」

「なーんでーよぉぉぉ‼」

いやそこで叫ばれても。見直したし、ファンを自称してもいいぐらいには好きな系統のバンドだったけど、それとこれとは話が別ってやつでしょう。

というか、地団駄って千秋さんキミね、子供じゃないんだからさ……。

「こういう時は惚《ほ》れ直すもんじゃゃないの⁉」

「そもそも最初から惚れてもないから」

「でもカッコいいんでしょ⁉　綺麗なんでしょ⁉　だったらもうちょい意識してくれてもいいじゃん！」

「それはステージで歌ってる時の千秋さんだから」

「だからどっちも私‼」

「いや全然違うよ」

「同じだよ！」

でも今の千秋さん、ただの面白い女だし……。

◇◇◇

「——凄い。コングラッチュレーション」

「え？」

「うん？」

千秋さんと頭の悪い会話をしていたら、何処からか拍手の音が聞こえてきた。

何だと思い、音のした方向に視線を向ける。するとそこには残りのアバンドギャルドのメンバー、つまるところ常連さんたちがいた。

付け加えると、春崎さんがお腹《なか》を抱えて蹲《うずくま》っている。お腹が痛いのだろうか？……冗談。笑いすぎて死にかけてるだけだ。

「……拍手なんてしてどしたの冬華《ふゆか》。あと何故《なぜ》にメグは死にかけてるの？」

「二人の見事なコントがツボに入ったみたい」

「か、完全に別人扱いされてんじゃんアンタ……！　こ、コレで笑うにゃって方が無理でひょ……！」

「おい呂律《ろれつ》回ってないぞ隠れポンコツ」

「ふぁー！」

「その笑い方腹立つんだけど⁉」

千秋さんブチ切れ。はたから見たらネットスラングの『ぷぎゃー』を連想させる笑い姿なので、まあ納得の反応ではあると思う。

それはそれとして、改めてこの人たち仲良いなと思う。バ先では何度も目にした光景ではあるが、こうして当事者寄りの立場にいると余計にそれを実感する。

「苛立《いらだ》ち紛《まぎ》れに叫ぶ千秋さんなんか初めて見たな」

「……ハッ⁉　私はお淑《しと》やか！」

「その台詞《せりふ》が咄嗟《とっさ》に出る時点で、イロモノキャラにしかなれないんだよなぁ」

「ブフォッ⁉」

春崎さんの腹筋に追加ダメージ。あとよく見たら、プラスで一名にも弱ダメージが入ってた。

「だ、駄目だコレ！　普段は当事者だから意識してなかったけど、外から見たら蘭が馬鹿すぎる……‼」

「ナイス漫才。身内ネタとしては満点に近い」

「ご、ゴメンね蘭ちゃん。わた、私もちょっと駄目かもしれない……！」

「ええ、何でよ……」

「二人抜き達成。あと一人笑わせるとセカンドステージに進出です」

「次はモノボケ？」

「サイレントは最後に残すと詰むと思う」

「遥斗君と冬華は何を通じ合ってるの？」

いや、昔そういうバラエティ番組があったから。最近はメッキリ見なくなったけど。

……やはり高額賞金とかがネックなのであろうか？

まあ、それはさておき。素知らぬ顔でネタに対するアンサーを飛ばすあたり、この常連さんも中々に分かっているな。あとファイナルでサイレントが無謀と思うのは同感。

「……もしかして、遥斗君と冬華って相性良い？」

「ネタの許容範囲は通じるものがありそう」

「まあ同世代ですし、似た番組は観《み》てるかもですね」

「……柄杓《ひしゃく》とくれば？」

「みょー」

「落ち武者で印象的なのは？」

「個人的にはペットボトルキャップです」

「車が三つ」

「ぎゅーん」

「ねぇ何の話⁉　本当に何の話⁉」

好きだったバラエティ番組の話です。というか今ので完全に察した。冬華さん？は、相当テレビ観てた口だ。

「あの頃は良かったですよね」

「本当にね。最近のテレビはつまらない」

「他になんか通じそうなものあります？　昔のやつで」

「白鳥《しらとり》……」

「あー、白鳥……」

「コッペパン」

「コッペパン」

「これは世代的にはかなり昔。アホだな？」

「豆とかも知ってますよ」

「パーフェクト」

「はたから見たらコールアンドレスポンスが成立してないんだけど⁉」

ガシリと固い握手。ある程度イける口なのは察していたが、正直ここまでとは思っていなかった。

まさか同世代でも観てるか怪しい、かの番組まで視聴済みだったとは。多分この感じだと、学校の他に犬とかのネタを振っても反応しそうではある。

「うちのメンバーはちょっとディープなネタになると通じないし、あの黄金期を語り合える知り合いが増えるのはかなり嬉《うれ》しい」

「あー……。あの時期を憶《おぼ》えてるテレビっ子って意外と少ないですからねぇ。コッペパンでギリ『そんなのあったね!?』ってなるぐらいでしょうし」

「そう。モノボケが即座に出てきたから、結構本気で驚いた。そのあとのネタ振りも満点回答。これはもうベストフレンド」

「ちょっと待って!? 意味不明な会話でライバル候補が出現してるんだけど! しかも冬華とか伏兵がすぎるんだけど!?」

真横で千秋さんが凄《すご》いうるさい。あとこんなトンチキな会話でライバル云々《うんぬん》っていうのは、流石《さすが》に恋愛脳がすぎると思う。

「ふふっ。まあ冗談はさておき。改めて自己紹介を。中田《なかた》冬華です。よろしく。冬華でいい」

「水月遥斗です。よろしくお願いします、冬華さん」

「ねぇちょっと待って!? 何で冬華は名前呼びなの!? 私だって名前で呼ばれたことないのに!!」

「だって千秋さんアレじゃん。名前呼びしたら調子乗りそうじゃん」

「それにしたって納得いかないんだけど⁉　何で冬華はオーケーなのさ⁉」

「ベストフレンドらしいから？」

「言ったもん勝ちなら私だって嫁宣言しますけどぉ⁉」

「押しかけ女房ならぬ自称女房だってさ」

「それ普通にストーカー案件じゃね？　……ああ、うん。ストーカーだったわ」

何で水に流すと決めた直後に、こう思い出させるような言動をするかねぇ。

いやまあ、別に構いやしないけどさ。水に流すってのも、あくまで罪的な意味でだし。

会話のネタとしてはバリバリ活用するつもりだし。

「仕方ないなぁ。すいませんね。隣の増長家政婦がうるさいので、中田さんと呼ばせていただきますね」

「増長家政婦⁉」

「うちのヤンデレメンヘラ馬鹿ボーカルのためにお気遣いいただき、ありがとうございます」

「冬華は流石にボロクソすぎない⁉」

「まあ馬鹿にしてるし」

「引っ叩《ぱた》かれたいってことでいいんだよね？」

ぶおんぶおんと腕を振って威嚇する千秋さん。そんな間抜け極まる姿に思わず苦笑。そばでダウン中の二人も、ひっそりと再び死にかけているし。

「……ふむ。本当だったら夏帆《かほ》も自己紹介させるべきなんだろうけど、まだちょっと無理そうかな。少しばかり悪ノリがすぎた。水月君はこのあと時間ある？」

「それは俺もですね。失礼しました。時間ならありますよ。何か？」

「うん。これから私たちは打ち上げなんだけど、一緒にどうかなって。そこで正式に自己紹介やらをしたい。いつもならマリンスノーだけど……流石にバイト先はアレだろうし、適当なカラオケか居酒屋辺りが無難か。奢《おご》るよ？」

まさかの打ち上げ参加のお誘いだった。これには思わず面食らう。

「いやあの、お気持ちは嬉《うれ》しいんですけど、流石に部外者の俺が混ざるのは道理に合わないのでは？」

「大丈夫。むしろ私たちが、ちゃんとキミとお話ししたいから。そこの残念娘から、色々と聞いてはいるし。……やらかし含めて、色々と」

「あー……」

「なので正式に謝罪やらをしたい。うちのメンバーが大変な迷惑を掛けたと」

なるほど。そういうことなら、誘われるのも納得である。その場のノリで知り合い未満の集団に混ざれと言われたら、流石にお断りしたいところだったが……。

「そういう理由なら、断るわけにはいきませんね。では、ご相伴にあずからせていただきます」

個人的には区切りを付けたものの、それはあくまでこちら側の事情。

それと同じように、千秋さんたちにも事情はある。区切り、いや禊《みそぎ》か？　……まあ、ともかく。その辺のケジメをしっかりつけたいと言うのなら、それに付き合うのはある種の義務というものだろう。

「ん。誘いを受けてくれてありがとう。それじゃあ、とっとと移動しよう。蘭が騒いだせいで、オガさんたちからの視線がやけに生温かい」

「それ私のせいかな⁉」

「多分そう」

「遥斗君⁉」

いや冗談でもなんでもなく、八割ぐらいは千秋さんが原因だと思うよ。大声で馬鹿っぽい台詞叫びまくってたし。

◇◇◇

――そんなこんなで、やって来ましたカラオケボックス。

「「「うちのメンバーが、大変なご迷惑をお掛けしました！」」」

「お掛けしました！」

「はい。謝罪は受け取りました」

中田さんに誘われ、混ざらせていただいたライブの打ち上げ。ライブ終わりにまた歌うのかと思われるだろうが、謝罪の内容が内容なので仕方ない。

かなり込み入った話になるので、個室の方が何かと都合が良い。そうした理由から、一名を除いて大して交流のない女性たちと、カラオケに足を運ぶことになったわけだ。……人生とは分からんものである。

「では、これで一連の話は終わりということで。三人とも頭を上げてください」

「……三人？　ねぇ遥斗君、私は？」

「別に名指しした記憶はないんだけど。まあ思い当たる点があるらしいし、それなら千秋さんはあと五分ぐらい頭下げてて」

「墓穴掘っ……いや待って五分は長くない⁉」

「ほら顔上げない」

「そこは上げなって言ってほしいかな⁉　遥斗君なんか怒ってる⁉」

「いや別に。しいて言うなら、一人だけ謝罪が雑だったことの意趣返し？」

「元凶が謝罪で手を抜くとかどういう了見だこの馬鹿」

「痛い⁉」

横からゴンッと一撃。春崎さんの拳骨《げんこつ》が千秋さんの頭に見事に炸裂《さくれつ》した。結構痛かったのか、千秋さんも涙目になっている模様。

「メグさん⁉　今のはガチで痛かったんだけど⁉」

「あっそ。ちなみに私もガチで怒ってるけど？」

「……すぅぅ」

ガチトーンで返されたからか、一瞬で千秋さんの勢いは消失。そして分が悪いと判断したのか、席を立ってそそくさと俺の隣に移動してきた。……人を緊急避難先にしないでほしい。

「おいコラ逃げるな。水月さんに迷惑も掛けるな。さっさと弁明しろ馬鹿」

「いやほら、私はもうしっかり謝ってるし……？」

「冬華。ドラムスティック出して。夏帆はギターケース」

「うん」

「ドラムも載っければ？」

「当然」

「まさかここで江戸時代の拷問する気⁉　しかも今までで一番エグいのやろうとしてるよね⁉」

テキパキと動き出した三人に、戦慄の表情を浮かべる千秋さん。ついでに俺もビビっている。

ちなみに俺たちのいるカラオケボックスだが、お客さんがいなかったのと、千秋さんたちが大荷物だったこともあって、かなり大きめの個室に案内されている。……つまり正座させるのに不都合がない。

「冗談！　冗談だから！　特に手を抜いたとかそういうのじゃないから！」

「じゃあ理由は何」

「……な、ナチュラルに言葉端折《はしょ》ってましたぁ!!」

「もうシンプルに馬鹿かよ」

呆《あき》れたとばかりに春崎さんが一言。その後、こちらに対してチラリと視線を向けてきたので、苦笑しながら頷《うなず》いておく。

それで意味は通じたようで、冷たい目で拳骨をもう一度叩《たた》き込んだあと、拷問正座は免除となった。……あ、他の二人もこっち来た。交互にペシッと一発入れられてる。

「本当にうちの馬鹿がすいません。よく言って聞かせますので……」

「いやー、お気になさらず。さっきのも悪ノリみたいなものなので。実際は手抜きとも思ってないので、あまり怒らないであげてください」

「寛大な対応痛み入ります」

改めてのガチ謝罪である。春崎さん、マジで千秋さんの保護者だったりするのではないだろうか。

とはいえ、この空気のままというのもよろしくない。正式な謝罪のために招待された身ではあるが、そもそも俺は部外者で、この場はアバンドギャルドのライブの打ち上げという目的がある。

神妙な雰囲気は早々に切り上げて、是非ともイベント終わりの空気を楽しんでほしいというのが正直なところ。

そのためにはどうするかと頭を捻《ひね》るものの、いい案は中々思いつかない。なので仕方なく、千秋さんに頼ることにした。

「千秋さん、千秋さん」

「え、遥斗君どしたの？」

「何か面白いことやって」

「待ってなんか地獄みたいな無茶《むちゃ》ぶりされたんだけど!?」

頼ったら千秋さんが再び戦慄の表情を浮かべた。そんな変なこと言ったかしら？

「なになになにっ!?　急にどうしたの遥斗君!?　言葉端折っちゃったの、やっぱり実は怒ってたりする!?」

「違う違う。ほら、空気がちょっと重かったから。千秋さんの面白い一発ギャグか何かで、和気あいあいとした雰囲気を作ってほしいなって」

「ねぇサラッと今ハードル上げた！　一発ギャグになった⁉　いくら遥斗君の頼みでもやらないよ⁉」

「いやでも、せっかく打ち上げなんだからさ。楽しい空気にしたいじゃん」

「地獄みたいな空気になるよ⁉　嫌だよ私！　遥斗君の前でダダ滑りする姿なんて見せたくないよ‼」

「……その口ぶりだと一発ギャグはあるんだね」

「ないよ⁉」

ないの？　本当に？　わりと普段の言動が芸人みたいなアレさなのに？　本当にないの？

「そんな不思議そうな顔しないで⁉　……いや不思議そうな顔されるのも納得いかないんだけどさ！　というか、そんなことしなくてもちゃんと打ち上げするから！　今からやるから！　ねっ、皆⁉」

同意を求めるように、千秋さんが三人に向けて叫ぶ。

「……は？　アンタ何言ってるわけ？」

——しかし悲しいことに、返ってきたのは春崎さんの底冷えするような声だった。

「え、あの、メグさん……？」

「このままどうやって打ち上げに移行するのさ。何かギャーギャー騒いでるけど、周り見てみなよ？」

「いや、え、ちょ」

「完全に通夜みたいな空気になってんじゃん。それでどうやって楽しい打ち上げを始められんの？」

「メグの真横で夏帆がめちゃくちゃお腹《なか》抱えてますけどぉ!?」

千秋さん渾身《こんしん》のツッコミ。なおその結果として、日向《ひなた》さんの体調はさらに悪化。腹を抱えるどころか、テーブルに頭を沈める羽目になった。

「確かにこのままでは、打ち上げに移ることはできない。せめて通夜の空気は払拭しなければ」

「だ　か　ら　!!　通夜どころか、もう現状で十分和やかになってるよ！　むしろ私がハブだよ今！　皆楽しそうだけど、私だけ冷や汗ダラダラだよ！」

「大丈夫。蘭ならできる」

「無責任な後押しをヤメロォォ！　泣くよ!?　そろそろ私泣くよ!?」

「大変。凍った空気のせいで、ついに涙が流れそうな人が出てしまった。これは蘭の激ウマギャグで場を温めなければ」

「私が泣くんだよ!?」

全力で千秋さんが拒絶するが、残念ながら四面楚歌《しめんそか》である。お仲間であるはずの三人が、一切千秋さんに味方をする様子がない辺り、もはやこの流れを止めることは不可能だ。

うむうむ。ものは試しとばかりに、千秋さんを頼らせてもらったものの（ネタ的な意味で）、まさかここまで空気が変わるとは。

というか、本当に見事な連携だ。きっかけを作り出したのは俺の方だが、そこから打ち合わせなしで応えてきたあたり、アバンドギャルドの面々は大分愉快な性格をしている。

……日向さんは腹筋のダメージで死にそうになっているだけだけど。

まあ、やはりアレだな。ナチュラルに言動が面白い人と付き合っていると、自然にその手の感性が磨かれていくのだろう。

「……ぐぬぬっ！　分かった！　分かったよ！　やれば良いんでしょやればぁ!!」

おっと。感慨にふけっている間に、ついに千秋さんが折れたらしい。

羞恥で顔を真っ赤に染めながら、立ち上がって『一発ギャグやります！』と叫んでみせ。

「ゆ、指が……はなれーる」

——そうして披露されたのは、親指が離れるマジック。

「「「……」」」

「な、何か言ってよ……！」

「水月さん。せっかくカラオケに来たんですし、何か歌いませんか？」

「あ、いいですね」

本当にブレないな。

「……わぁぁぁぁ!!　もう皆きら……遥斗君以外きらぁぁぁい!!」

あまりの羞恥からか、千秋さんまさかのガチ泣き。……ここで俺をちゃんと省くあたり、

「そうだ。ポテトか何か頼みましょう？　せっかくの打ち上げなのだから、軽く摘《つま》めるものはあった方が楽しめるわ」

「はいコレ端末」

◇◇◇

千秋さんが不貞腐《ふてくさ》れ、残った全員で苦笑を浮かべたりしたあと。軽く摘めるものを注文したり、適当に何曲か歌ったりし、ある程度したら千秋さんも機嫌を直して合流し。

「――それじゃあ、今日はありがとうございました」

「「「「お疲れ様でした」」」」

なんやかんやで、打ち上げ兼ごめんなさいの会は終了した。

ちなみに、時間としては一時間半ぐらい。千秋さんはすでにライブで喉を酷使《こくし》しているし、他のメンバーも演奏によって消耗済み。

そして俺は俺で、マトモに絡んだのは今日が初の、そのうえ異性の集団の中で熱唱できるタイプではない。

結果として、談笑メインでほどほどに楽しんだら、延長などはしないで解散という流れになったのである。

「じゃあ、私はこっちだから」

「私も」

「では水月さん。今後ともうちの馬鹿をよろしくお願いします」

「よろしくされても困るんですが……。まあ、はい。それでは」

こちらに対してペコリと頭を下げたあと、春崎さんたちは最寄り駅に向かって去っていった。

なんとなくではあるが、その背中が遠くなるまで眺める。念のため言っておくが、名残り惜しいとかそういうことではない。ただ見送りっぽいものはしておこうと、そう思っただけである。

「帰るか」

「そうだね」

三人の姿が小さくなったのを確認し、俺と千秋さんも移動を開始。

すでにカラオケボックスで散々騒いだからだろうか。暗くなって人通りが疎《まば》らになった住宅街を、まったりと二人で歩いていく。

「ねぇ」

「んー？」

「どうだった？　私のバンド」

「凄《すご》かったよ」

「そういうことじゃなくてさ。メグたちのこと。どんな印象だった？」

「あー……」

印象。その言葉によって、千秋さんの台詞《せりふ》の意図を理解する。

単純な認識については、バイト先の常連客から、凄いバンドのメンバーにアップデートされた。その上で、さっきのカラオケでの会話を基に構築された各々の印象……というわけではないのだろう。

千秋さんが求めているのは、そうした単純な人物評の類いではなく。もっと漠然とした、個々人をフォーカスするのではない内容。視点は複数。あくまで【グループ】。

「そうだねぇ。良い人たちだったと思うよ」

——私のバンド仲間は、友達はどうだったのかと、彼女はそう訊《き》いているのだ。

「でっしょー？　全員、私の自慢の親友たちだからね！」

俺の言葉にニシシと笑みを浮かべながら、わずかに足を速める千秋さん。

その動作は実に稚気に溢《あふ》れていて、だが見た目が良いせいか随分と様になっている。

やっていることは『仲の良い友達を褒められてテンションがぶち上がる小学生』なのだ

が、千秋さんの外見と、普段の言動のせいであまり違和感が湧いてこない。

明らかに年齢不相応の『子供らしさ』のはずなのに、千秋さんがやると『天真爛漫《てんしんらんまん》で無邪気な女性』という評価が先に出てくるのだから、美人というのは得な生態をしているなと思う。

「それぞれキャラも立ってたしね」

「そうなんだよ！　一緒にいて楽しいの！　……現実でキャラが立っているっていう表現も結構アレだけど」

「キャラの濃さだと千秋さんが一等だけどね」

「なんですとぉ⁉　流石《さすが》にそれは認めらんないよ⁉　冬華の方が絶対にキャラ濃いって！」

「いやベストフレンドを悪く言うわけには」

「まだそれ引っ張るの⁉　というか、私は悪く言っても良いと思ってるの遥斗君⁉」

「キャラ濃いに関してはシンプルに事実でしょ」

ストーカー＋不法侵入してる時点で、キャラの濃さでは並び立つ者なしだよ。犯罪行為が数え役満……いやどっちかというと国士無双か。

「ぐう……」

「ぐうの音をリアルに出されてもね」

「……いや、ちょっと待って？　よく考えたら、私を悪く言って良いってところはノータッチじゃない？　否定してくれてなくない？」

「特に否定する必要もないからね」

「誤魔化《ごまか》しすらされない、だと……!?」

だって千秋さん完全にそういうキャラじゃん。女性に向ける評価じゃないけど、大分ヨゴレ寄りじゃん。

「なーんーでーよー！　もっと私を褒めてくれても良いじゃーん！」

「いや褒めるところなくない？」

「それどストレートな罵倒では？」

「そうだね。ゴメン」

今のは言い方が悪かった。あくまで会話の流れ的にで『褒めるところがない』である。

「ちゃんとライブの時は褒めたでしょ？」

「アレ褒めてた……？　褒めるふりして私のこと刺してなかった？」

「カッコいいし綺麗《きれい》だったたって言ったじゃん」

「でも歌ってる時限定なんでしょ？」

「千秋さんは千秋さんじゃん」

「さっきは完全に別人判定してたよねぇ!?」

別人判定は別にしてないんですけどね？　ただ限定的な評価と全体的な評価は等価じゃないってだけで。

歌ってる時は高評価、いやもうあえて直接的に表現するけど、歌手としても女性としても魅力的ではあるのよ。ただそれ以外の時がアレすぎるってだけで。

「千秋さんさ、高校の時の成績はどうだった？」

「え、急に何？」

「たとえばテストの点数がさ、数学だけ満点取ったとするじゃん」

「あ、うん」

「でも、他の教科が全部赤点だったらさ、それは成績優秀とは言えないじゃん」

「そう、だね？」

「つまりそういうこと」

「……私もしかして、歌以外の部分は全部赤点って思われてる⁉」

「被害妄想」

テストの点数云々《うんぬん》は、あくまで分かりやすい例えとして挙げたまでである。念のため伝えておくと他意はない。

それでも何か含みを感じてしまうというのなら、それは千秋さん自身が何かしら思うところがあるということになる。

「遥斗君的にはさ、私ってそんなに駄目なの？」

「駄目というわけではないけど」

「じゃあ……！」

「ただシレッと俺の部屋に一緒に帰ろうとする辺り、そういうところだぞって思う」

「……ピューヒョロロロロロロ」

「また随分と風情のある口笛ですこと」

無駄に上手《うま》い口笛に気が抜ける。本当にそういうところだと思う。

「……やっぱり駄目？」

「具体的に何がを言ってくれないと答えられないですね」

「いやほら……お泊まり的な？」

「逆に訊《き》くけど、何でオーケーだと思った？」

俺と千秋さんの距離感だと、普通は泊めないんだよ。お泊まりが成立するのは関係性が恋人か、友達以上恋人未満か、関係性とかを脇に置かざるを得ないのっぴきならない事情があるとかだ。俺と千秋さんには当てはまらない。

いやまあ、一般的な男なら、美人にお願いされたら普通に泊めるのかもしれないけど。そういう関係に発展させる気はなくても、一夜の誤ち狙いでＯＫ出すとかね。何度も言うけど千秋さん美人だし。

でも俺は違うのだ。だって部屋でそういうことしたくないもの。狭いし、アパートも防音じゃないし、後始末も面倒くさそうだし。

その手の行為はそういう場所でやるべきだと思っているので、そっち方面を目的に異性を泊める気は毛頭ないのです。

もちろん、千秋さんが下心から泊まろうとしてるかは不明だ。だが普段の言動的に、そういうことを目的としていると思われても仕方ないわけで。

それでOKなんか出すわけがないのである。……まあ、その辺りを抜きにしても、千秋さんを相手にお泊まりを許可するのは完璧アウトなので。

千秋さんの普段の言動からして、隙あらば関係性を進めようとしているのは明白。そこでお泊まりなんか許したら、それを起点に嬉々《きき》として外堀を埋めにくるのは想像にかたくない。

そんな見えてる地雷を誰が踏みにいくのかと、これはそういう話なのだ。最悪の場合、人生の墓場までの地雷原など、よほどの覚悟がなければ迂回《うかい》するのが安牌《あんぱい》というもの。

「でも遥斗君、今の今までツッコまなかったじゃん。それもう言外のOKサインでしょう!?」

「あまりに自然に付いてきたから、すぐに違和感を抱けなかっただけです。おかげで二度手間だよ」

「……二度手間って？」

「大通りまで戻らなきゃでしょ。流石《さすが》に夜道を一人で歩かせるのはアレだし」

「え、優しい。好き」

「反応が大袈裟《おおげさ》すぎる……。普通でしょコレぐらい」

「でも遥斗君、今まではアレじゃん。夜帰る時とか、部屋からバイバイしてたじゃん」

「……時間がまだ早かったからね」

「今も大して変わらないと思うけど」

「……」

アレー？　ソウダッタカナー？

「あと今更だけど、一緒に帰るのに違和感を抱けないってさ。それだけ私が隣にいること、自然に思ってるってことでは？」

「……」

「否定とかしないんだ？」

「……そういうの良いから」

「もー！　遥斗君可愛《かわい》いー！」

「うるさいなぁ！」

くっそ完全に不覚を取った！　無意識に餌あげるとか俺の馬鹿！　これ完全に絆《ほだ》されて

るのバレてんじゃねぇか！

「もー、遥斗君ってばツンデレさんなんだから。あれだけ素知らぬ顔しておいて、内心ではちゃんと効いてたんだなぁ」

「……」

クソ。ここぞとばかりに調子乗りよってからに……！

いやでも仕方ないだろ。俺だって男なんだ。別に女性不信ってわけでもないし、そうでない以上は異性からのアプローチも普通に効く。

それが千秋さんクラスの女性となれば尚更《なおさら》だ。こんな風に常時好き好きオーラ出されて、通い妻よろしく甲斐甲斐《かいがい》しく家事の世話をされていて、絆されないなんて嘘《うそ》だろ。

しかも雑に扱っても嬉しそうに受け入れて、会話となればなんだかんだで盛り上がって？　それでいて恥ずかしがりながらも色仕掛けっぽいこともしてくるんだぞ？

男の一つの理想だろこんなの。いくら対人能力がカスみたいな俺でも、性欲自体はあるんだから普通に刺さるってこんなの。

ぶっちゃけてしまえば、出会い方がアレ……いやストーカー行為を知らなければとっくに堕《お》ちてるぞ俺。

明らかに地雷なのが分かっていて、ついでに飛び付いたらどこまで沈むか分からない底なし沼みたいな気配が漂っているからこそ、今こうして踏み留《とど》まることができているわけ

で。

　ある意味で常在戦場。常に理性と戦っている状態なのだ。ジリジリと弩級《どきゅう》の爆弾に吸い寄せられるようなこの感覚は、当事者にならないと分かるまい。……なお、今日のライブでまた一歩引っ張られた模様。

「ほら、早く行くよ！　遅くなる前に帰るの！」

　ともかく、さっさと千秋さんを送り返そう。今は流石に分が悪い。

「えへへー。なんだかんだで、遥斗君の中で私の好感度上がってるんだねぇ」

「現在進行形で下がってますけど」

「またまたー」

　腹立つなぁ！　単に春崎さんたちから、千秋さんのことをヨロシクされたからってだけですぅ！

エピローグ

Epilogue

「――ただいまー！」

「……」

最近、思っていることがある。

「あ、もう遥斗《はると》君ってば。また洗い物溜《た》め込んで。本当に私がいないと駄目なんだからなー」

「……」

ここ数日、具体的に言うとアバンドギャルドのライブに行った日以降、千秋《ちあき》さんのウザさというのが跳ね上がった気がする。

「あと洋服。着古したシャツの着心地が良いのは分かるけど、流石《さすが》に襟首ダルダルになってるのはだらしないよ。ということで、これは私が貰《もら》っておくね」

「……」

訂正。気がするじゃない。明らかにウザく、それでいて図々《ずうずう》しくなっている。もはや古着の回収すら堂々とのたまうようになっている辺り、悪化具合は明らかだろう。

「で、代わりのシャツがコレね。新しいやつ、憶《おぼ》えた？　前のと違ってちょっと派手だけど、絶対に遥斗君に似合うと思うんだ。だからプレゼント。ちゃんと他の服に合いそうなやつを選んだから、着てくれると嬉《うれ》しいな」

「……」

こういうのを、なんと言うのだろう？　彼女面と言ってしまって良いのだろうか？　まあ確実に言えることは、千秋さんが調子に乗っているということである。

「はぁ……」

理由は分かっている。先日のライブの日、その帰りで起こったアレだ。

無意識にやらかしてしまった過ち。不覚なことに、本当に不覚なことに、俺の中での千秋さんに対する認識……いや好感度の上昇がバレた一件。

アレのせいで千秋さんは勢いづいた。それはもう鬱陶しいぐらいに。ただでさえ、隙あらば距離を詰めようとしていたのだ。それがちゃんと効果があると判明したのだから、さもありなんというやつだろう。

「どうしたの遥斗君？　溜《た》め息なんか吐《つ》いてさ。溜め息は幸せが逃げるよー？　……まあ？　その逃げた分の幸せは、私がちゃんと補填《ほてん》してあげるけど？」

「……」

誰のせいで溜め息を吐いていると思っているのだろうか？　……いやまあ、自覚があったら、ここまでのウザさを誇ることはないのだろうが。

だが、ある意味で仕方ないとも思う。元々、千秋さんはそういうところがある。図々しくて、調子に乗りやすくて、変に積極的。刹那主義というか、本能に忠実というか。じゃなきゃストーカーも、不法侵入もやらない。ましてや、こちらが黙認したことが発端とはいえ、不法行為の発覚後も嬉々として通ってくるなど……。

なので大変残念なことに、千秋さんにその辺の機微を理解しろというのは高望みというやつだ。もちろん、素面《しらふ》ならまだ可能性はあっただろうが、現在の千秋さんは端的に言ってアホになっている。

俺の好感度上昇が発覚したことが、予想以上に嬉《うれ》しかったらしい。マトモな表現だと有頂天、アレな言い方をすれば頭が茹《ゆ》だっている。

何が面倒だって、理由がアレなせいで怒るに怒れないところだ。これがシンプルに調子に乗っているなら話は別なのだが、理由が絶妙にいじらしいため反応に困るのである。

「……うん！　今日はコレで終わりかな！　やっぱり家事はこまめにやっておくと早く終わるね！」

「……」

とはいえ、それで『はいそうですか』と引き下がるのも違うだろう。

何度も主張させてもらうが、俺と千秋さんは雇用主と被雇用者の関係だ。……正確に表現すれば、金銭が発生していないので雇用関係の亜種であるのだが、それはさておき。

重要なのは、あくまでビジネスライクな関係であるということ。つまるところ、度をすぎた態度は改めてもらわなければならない。

というわけで、抗議の意を込めていつぞやと同様に無視を実行しているのだが……。

「そ　れ　で　は！　お隣お邪魔しまーす」

「……」

「えへへー。最近の遥斗君は、されるがままで可愛いなぁ。コミュニケーションが取れるのも楽しいけど、こっちはこっちで乙なモノがありますなー」

「……」

──誠に遺憾なことに、この頭が残念なことになっている娘さんには、無視の類いが通用しなくなっている模様。

「ほらほら遥斗君。良いのかなー？　良いのかなー？　このままだんまりだと、ギュッとしちゃうぞー？　世の中には無言は肯定っていう言葉もあるんだぞー？」

「……果てしなくウザくなったね千秋さん」

「やーん照れ隠し可愛いー！」

もしかして馬鹿にされているのだろうか？　有頂天になっているフリして、こちらを嘲《あざ》笑《わら》っているのではないかという疑惑が湧いてくる。

もちろん、千秋さんがそういうことをする人ではないことは知っている。ただそれぐらいウザいのである。

「……あのさ。流石にそろそろ文句を言うことになるんだけど？」

「またまたー」

「いや割と本気なんだけど。今までは千秋さんの心情も慮《おもんぱか》って、ささやかな抗議で済ましてたけど。こっちにだって我慢の限界があるんだよ？」

「それは知ってるけど。でも遥斗君の本当のアウトラインは、もっともっと先でしょ？」

「……」

「伊達《だて》に遥斗君のストーカーはしてないよ？　もちろん、本当に嫌なら私だって空気は読むけど、今の私なんて全然許容できる範囲なのも知ってるよ。うるさいなぁとは思ってても、ぶっちゃけそれだけでしょ？」

「……」

なんてことのないように、千秋さんは俺の内面について語ってみせる。一方的な都合の良い意見と切って捨ててしまえばそれまでではあるが、タチの悪いことに分析としてはあながち間違っていなかった。

ガチの犯罪者であったかつての自分を黙認できる人間が、多少ウザったいだけの今の自分を拒絶することはないと、千秋さんはそう確信しているのである。

「……分かった上でやるのもどうかと思うんだけど？」

「だってしょうがないじゃーん。こういう態度を取ると、遥斗君の愛を感じられるんだもん」

「愛？」

「うん。どんな私でも受け入れてくれるという『愛』。私のことを気遣って、強く拒絶することをしないでくれる『愛』。怒鳴ったりしないで、無視でお茶を濁そうとしているのとか、本当に可愛い。だから悪いと思ってもやめられないんだぁ」

「うっわ……」

思わず頬が引き攣《つ》る。久々に千秋さんのドロッとした部分を見た気がする。こちらの内面を正確に読み切って、その上で試して楽しんでいるのだ。

そういえばこの人ってストーカーだったなと、今この瞬間に改めて実感した。

「これまではさ、気にしてないだけかなぁと思ってたんだけど、ちゃんと遥斗君の中で私が大きくなっているのが分かったらさ。ちょっと我慢できないの。だからゴメンね？」

「ゴメン、と言われても……」

「大丈夫大丈夫。遥斗君が本当に嫌なことはしないから。ただちょっと反応を楽しむだけだから」

「……それで嫌われるとは思わないの？」

「ないねー。だって客観的に見て滅茶苦茶《めちゃくちゃ》やってた今までが大丈夫、それどころか好感度がちゃんと上がってるんだもん。なら上がることはあれど、下がることはないでしょ」

「凄《すご》い自信だ……」

「あはは！　そりゃそうだって！　今までの全部が間違ってないって分かったんだよ？　なら遠慮する必要なんてないじゃん。──宣言するけど、これからもっと攻めるからね。絶対に遥斗君のことオトしてみせるから、覚悟してよね？」

そう言って、千秋さんが抱き着いてきた。……返事すれば抱き着かないって言ってたのに。

「……千秋さん、重い」

「うん。ゴメンね。私、ストーカーしちゃうぐらい重いんだ」

「いやそうじゃなくて、物理的に重い」

何度も言うが、我が家にあるのはビーズクッションである。つまり二人で座るとかなり不安定だし、抱き着かれると体重がこちらにおもくそ掛かるのである。

「……遥斗君？　意趣返しにしても、言って良いことと悪いことがあるんだよ？」

「自己申告したじゃん」

「そういうことじゃないんだけどなぁ!?　そんなこと言うなら押し倒すよ!?」

「そしたら春崎《はるさき》さんにチクる」

「ゴメンナサイ」

春崎さん強いな。とりあえず、宣戦布告はされたけど、この様子なら当分は耐えられるだろう。ちゃんとした防衛手段があるのは強い。

――ストーカーからシルキーに。シルキーから正式な家政婦に。家政婦から先は……さてどうなることやら。

あとがき

Afterword

どうも皆さん、モノクロウサギです。本日は私の作品をお手にとっていただき、誠にありがとうございます。

いやはや、カクヨムにてネタ供養のために始めた本作が、このような形になるとは夢とも思いませんでした。

正直、投稿開始時点では一、二万文字ぐらいしか書いていなかったし、そのまま続きを書くつもりもなかったのですが、それが書籍化にまで至るとは。人生って分からないものですね。いや本当、まさかここまで評価されるとは思いませんでした。

てか、スニーカー文庫ですって。スニーカー文庫ですよ奥さん。……間違えた。皆さん。スニーカー文庫とか、私が学生時代にお世話になってたレーベルですよ。各作品に、いくらつぎ込んだか覚えてないぐらいです。

そんな青春とともにあったレーベルに、まさか自分の作品が仲間入りすることになるとは、正直想像していませんでした。

そりゃもちろん、いつかはとは思ってましたけど。それでもまず書籍化が高い壁ですし、レーベルだって各社様に複数存在するわけで。

そんな中で、学生時代にお世話になったレーベルから声が掛かるなんて、そうそうないだろうなぁって思ってたんですよねぇ。

ま、長々と自分語りをしましたが、結論はシンプルです。この作品を書いて良かったなって。

自分がかつてそうであったように、この作品が誰かの青春に添えられて、思い出の一つに語られるようになると考えたら、作家冥利に尽きるってやつですわ。……偉そうなこと言ってますが、未《いま》だに実績も少ないぺーぺーなんですけどね、自分。

それはともかく。そろそろ〆《しめ》と参りましょう。本作を読んでくださった皆様、Ｗｅｂ版からずっと応援してくださった皆様、そして書籍化に伴い尽力していただいた関係者の皆様。

本当にありがとうございました。謹んで御礼申し上げます。そしてまたご縁がありましたら、是非とも次の本のあとがきの場でお会いできたらなと思います。

それでは皆様、さようなら。それはそれとしてファンレターやら、周囲に宣伝とかヨロシクネ。そうすれば、それだけ会える確率が上がるからネ。ではではー！

家《いえ》で知《し》らない娘《こ》が家事《かじ》をしているっぽい。でも可愛《かわい》かったから様子《ようす》を見《み》てる

著　モノクロウサギ

角川スニーカー文庫　24111

2024年5月1日　初版発行

発行者　山下直久

発　行　株式会社KADOKAWA
〒102-8177 東京都千代田区富士見2-13-3
電話　0570-002-301（ナビダイヤル）

印刷所　株式会社暁印刷
製本所　本間製本株式会社

◇◇◇

●お問い合わせ
https://www.kadokawa.co.jp/（「お問い合わせ」へお進みください）
※内容によっては、お答えできない場合があります。
※サポートは日本国内のみとさせていただきます。
※Japanese text only

Printed in Japan　ISBN 978-4-04-114769-6　C0193

★ご意見、ご感想をお送りください★
〒102-8177 東京都千代田区富士見 2-13-3
株式会社KADOKAWA　角川スニーカー文庫編集部気付
「モノクロウサギ」先生「あゆま紗由」先生

角川文庫発刊に際して

角川源義

第二次世界大戦の敗北は、軍事力の敗北であった以上に、私たちの若い文化力の敗退であった。私たちの文化が戦争に対して如何に無力であり、単なるあだ花に過ぎなかったかを、私たちは身を以て体験し痛感した。西洋近代文化の摂取にとって、明治以後八十年の歳月は決して短かすぎたとは言えない。にもかかわらず、近代文化の伝統を確立し、自由な批判と柔軟な良識に富む文化層として自らを形成することに私たちは失敗して来た。そしてこれは、各層への文化の普及滲透を任務とする出版人の責任でもあった。

一九四五年以来、私たちは再び振出しに戻り、第一歩から踏み出すことを余儀なくされた。これは大きな不幸ではあるが、反面、これまでの混沌・未熟・歪曲の中にあった我が国の文化に秩序と確たる基礎を齎らすためには絶好の機会でもある。角川書店は、このような祖国の文化的危機にあたり、微力をも顧みず再建の礎石たるべき抱負と決意とをもって出発したが、ここに創立以来の念願を果すべく角川文庫を発刊する。これまで刊行されたあらゆる全集叢書文庫類の長所と短所とを検討し、古今東西の不朽の典籍を、良心的編集のもとに、廉価に、そして書架にふさわしい美本として、多くのひとびとに提供しようとする。しかし私たちは徒らに百科全書的な知識のジレッタントを作ることを目的とせず、あくまで祖国の文化に秩序と再建への道を示し、この文庫を角川書店の栄ある事業として、今後永久に継続発展せしめ、学芸と教養との殿堂として大成せんことを期したい。多くの読書子の愛情ある忠言と支持とによって、この希望と抱負とを完遂せしめられんことを願う。

一九四九年五月三日

「私は脇役だからさ」と言って笑う
そんなキミが1番かわいい。
クラスで
2番目に可愛い
女の子と
友だちになった
たかた [イラスト] 日向あずり
第6回
「」カクヨム
Web小説コンテスト
特別賞
ラブコメ
部門
『クラスで2番目に可愛い』と噂の朝凪さん。No.1人気の天海さんにも頼られるしっかり者の彼女は……金曜日の放課後だけ、俺の家に遊びに来る。本当は無邪気で甘えたがり。素顔で過ごす、二人だけの時間。

スニーカー文庫

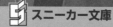

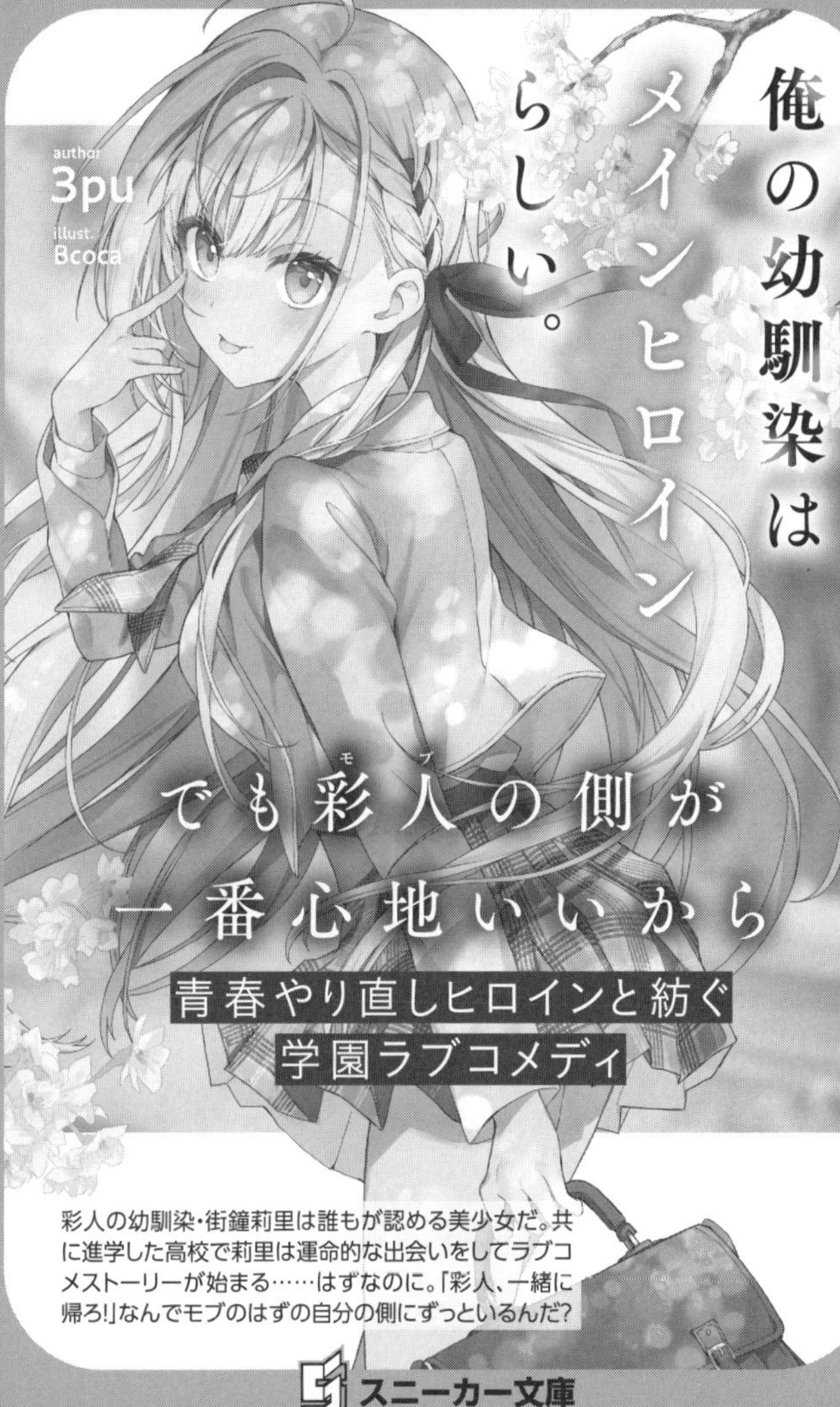

俺の幼馴染はメインヒロインらしい。
author
3pu
illust.
Bcoca
でも彩人《モブ》の側が一番心地いいから
青春やり直しヒロインと紡ぐ学園ラブコメディ
彩人の幼馴染・街鐘莉里は誰もが認める美少女だ。共に進学した高校で莉里は運命的な出会いをしてラブコメストーリーが始まる……はずなのに。「彩人、一緒に帰ろ!」なんでモブのはずの自分の側にずっといるんだ?
スニーカー文庫

性悪天才幼馴染との勝負に負けて
初体験を
全部奪われる話
犬甘あんず
INUKAI ANZU
ILL. ねいび
NEIBI
第28回
スニーカー大賞
金賞
魔性の仮面優等生 ×
負けず嫌いな平凡女子
甘く刺激的な
ガールズラブストーリー。
負けず嫌いな平凡女子・わかばと、なんでも完璧な優等生・小牧は、大事なものを賭けて勝負する。ファーストキスに始まり一つ一つ奪われていくわかばは、小牧に抱く気持ちが「嫌い」だけでないことに気付いていく。

スニーカー文庫

きみの紡ぐ物語で
世界を変えよう。
第30回
スニーカー大賞
作品募集中!
大賞 300万円
+コミカライズ確約
金賞 100万円 銀賞 50万円 特別賞 10万円
締切必達!
前期締切
2024年3月末日
後期締切
2024年9月末日
詳細は
ザスニWEBへ
https://kdq.jp/s-award
イラスト／カカオ・ランタン